MIRA®

Der Preis dieses Bandes versteht sich einschließlich
der gesetzlichen Mehrwertsteuer.

Umwelthinweis:
Dieses Buch wurde auf chlor- und säurefreiem Papier gedruckt.

Helmut Rellergerd, geboren 1945, schreibt seit Ende der 70er Jahre unter dem Pseudonym **Jason Dark** die Kultserie JOHN SINCLAIR, deren Gesamtauflage sich auf rund 270 Millionen Exemplare beläuft. JOHN SINCLAIR ist damit wohl die erfolgreichste Horror-Serie der Welt und Helmut Rellergerd einer der meistgelesenen Autoren deutscher Sprache.

Helmut Rellergerd lebt mit seiner Frau in Bergisch Gladbach bei Köln und schreibt alle seine Romane noch auf einer alten mechanischen Schreibmaschine.

Jason Dark

Die Hexerin II
Vampirjagd

Roman

MIRA®

MIRA® TASCHENBUCH
Band 65016
1. Auflage: Juli 2008

MIRA® TASCHENBÜCHER
erscheinen in der Cora Verlag GmbH & Co. KG,
Valentinskamp 24, 20350 Hamburg
Deutsche Originalausgabe

Die Veröffentlichung dieses Werkes erfolgt auf Vermittlung
der Autoren- und Verlagsagentur Peter Molden, Köln

Konzeption/Reihengestaltung: fredebold&partner gmbh, Köln
Umschlaggestaltung: pecher und soiron, Köln
Lektorat: Rainer Delfs
Illustration: Alexander Jung
Satz: Buch-Werkstatt GmbH, Bad Aibling
Druck und Bindearbeiten: CPI – Ebner & Spiegel, Ulm
Printed in Germany
ISBN 978-3-89941-490-5

www.mira-taschenbuch.de

1

Sie war froh, ihrem Verlies auf dem Hausboot entkommen zu sein.

Sie sah aus wie ein Mensch, aber sie war kein Mensch mehr. In ihrem Körper befand sich kein Tropfen Blut, denn das hatte man ihr ausgesaugt. An ihrem Hals zeichneten sich deutlich die beiden Bissstellen ab, die von kleinen weißen Wülsten umrandet waren, was sie nicht störte. Das Einzige, was sie fast verrückt machte, war der Hunger, und den konnte sie nur stillen, wenn sie Blut trank.

Sie wurde beherrscht von dieser unbezähmbaren Gier, denn nur das Blut der Menschen garantierte ihre Existenz.

Und doch konnte sie denken. Das beschränkte sich allerdings mehr auf den Überlebensreflex, der sie zum Glück nicht verlassen hatte. So war es ihr gelungen, das Verlies im Bauch des Bootes zu verlassen, in das man sie eingesperrt hatte. Mit ihren neuen Kräften hatte sie es geschafft, zwei Planken aus der Schiffswand zu brechen und sich ein Loch zu schaffen, durch das sie sich hatte zwängen können.

Sie schaute auf ihre Hand, durch die sich ein rostiger Nagel gebohrt hatte. Kein Blut war hervorgetreten, nur die beiden Wunden im Ballen und auf dem Handrücken waren zurückgeblieben.

Frenchy Davies' Züge verzerrten sich zu einem Grinsen. Ja, Schmerzen konnten ihr nichts mehr anhaben, und niemand würde sie mehr töten können, wenn er nicht genau wusste, wie ein Vampir zu vernichten war.

Kurz kehrte die Erinnerung an Doriana Grays Vampirbiss zurück.

Sie glaubte, noch das wohlige Gefühl zu verspüren, als ihr das Blut ausgesaugt worden war, dann hatte eine tiefe Schwärze sie empfangen, aus der sie als anderes Wesen aufgewacht war.

Alles, was sie von dem Augenblick an empfunden hatte, war ein Verlangen nach Nahrung, und sie hatte sofort gewusst, wie ihre Nahrung von nun an aussehen würde.

Sie brauchte Blut! Und zwar das Blut von Menschen!

Doch dazu hatte sie erst einmal ihr Gefängnis auf dem Hausboot verlassen müssen.

Es war ihr leichtgefallen, sich das Loch in der Schiffswand zu schaffen, sich hindurchzuzwängen und auf die Böschung zu springen.

Witternd hatte sie den Kopf in den Nacken gelegt, aber kein Geruch nach menschlichem Blut war in der Luft gewesen.

Sie hatte sich schon davonmachen wollen, als sie

das leise Motorengeräusch vernommen hatte und die Lichtfinger eines Scheinwerferpaars über das Hausboot huschten und weiter auf sie zuglitten, als der Wagen eine Kurve beschrieb und dann gestoppt wurde.

Im letzten Moment schaffte sie es, sich zwischen die Büsche zu werfen. Das Licht erfasste die Büsche für einen Moment voll, und Frenchy wollte schon aufspringen, als es erlosch.

Der Motor erstarb. Sie sah, wie die Fahrertür und die Fondtüren geöffnet wurden. Vorn stieg ein Mann aus und hinten zwei Personen, die Frenchy kannte.

Es waren ihr Freund Mason Flint und die Vampirin Doriana Gray, die ihr das Blut ausgesaugt hatte!

Auf einmal hatte sie den Geruch von Menschenblut in der Nase. Die Gier danach ließ sie fast erzittern. Sie sah, dass die Vampirin ein paar Meter vor dem Steg, der auf das Hausboot führte, stehen blieb und etwas zu den beiden Männern sagte.

Im nächsten Moment wurde Mason Flint von dem anderen niedergeschlagen. Flint hatte noch herumwirbeln wollen, aber er war nicht schnell genug gewesen.

Wieder sagte die Vampirin etwas, und diesmal verstand Frenchy die Worte.

„Bereite ihn vor, und dann bring ihn zu mir aufs Boot. Ich habe Hunger!"

Der Mann erwiderte etwas, aber da hatte sich Doriana schon umgedreht und verschwand im Hausboot.

Der Mann beugte sich hinab, um Mason auf die Füße zu reißen. Doch der schien sich wieder gefangen zu haben, und ein unerbittlicher Kampf begann. Frenchy sah plötzlich das Messer in der Faust des Mannes, doch dann peitschten zwei Schüsse auf, und der Mann taumelte vor und wäre auf Mason gestürzt, wenn dieser sich nicht zur Seite gerollt hätte.

Mason erhob sich schwankend und starrte auf den leblos daliegenden Mann. Dann wandte er sich ab, ging über den Steg auf das Hausboot und fand nach einer Weile den Niedergang, aus dessen Tiefe ein schwacher Lichtschein drang.

Frenchy wartete noch ab, bis er unter Deck verschwunden war. Dann erhob sie sich aus den Büschen.

Sie witterte immer noch Menschenblut. Ihre Gier trieb sie hinüber zu dem dunkelroten Bentley, der Doriana Gray gehörte.

Neben dem leblosen Mann ging sie in die Hocke. Ein krächzender Laut entrang sich ihrer Kehle, als sie feststellen musste, dass der Mann nicht mehr lebte. Nur einen Moment überlegte sie, ob sie ihm dennoch das Blut aussaugen sollte, aber irgendein Instinkt in ihr sagte ihr, dass sie das Blut eines lebenden Menschen brauchte, das durch pulsierende Adern floss.

Sie richtete sich auf.

Ein letzter Blick traf noch auf das Hausboot, dann warf sie sich herum und wurde wenig später von der Dunkelheit verschluckt.

Der Nebel hatte sich wie ein riesiges kaltes Leichentuch über die Themse gelegt. Er schien durchwoben von geisterhaften, durchscheinenden Gestalten, die alles umfingen, was in ihre Nähe geriet. Besonders an den Ufern hatte er sich verdichtet. Dort schwebte er über dem gurgelnden Wasser und breitete sich über die Uferregion hinweg aus.

Es war die Zeit jenseits der Tageswende. Da holte auch eine Metropole wie London Atem für den nächsten Tag. Wer sich in dieser Stunde und bei diesem Wetter im Freien aufhielt, der zählte meist zu den zwielichtigen Leuten, die im Schutze der Nacht ihren dunklen Geschäften nachgingen.

Auch Eve Darling zählte irgendwie dazu. Es war nicht ihr richtiger Name. Sie nannte sich nur so, denn sie wusste, dass die Freier darauf abfuhren.

Eve arbeitete als Nutte, sah ihren Beruf allerdings mehr als Therapeutin an. Zu ihr in das Wohnmobil kamen diejenigen Typen, die sich in der Nacht verirrt hatten und ein wenig Wärme und natürlich Sex suchten.

Eve arbeitete frei. Sie brauchte ihr sauer verdientes Geld nicht an einen Zuhälter abzugeben, und zum

Glück hatte man sie bisher auch in Ruhe gelassen. Von anderen Kolleginnen wusste sie, dass deren Wohnmobile angezündet worden waren, wenn sie nicht parierten. Damit brauchte Eve nicht zu rechnen. Sie besaß so etwas wie ein Gewohnheitsrecht. Zudem war sie über vierzig Jahre alt, und da hatten die Zuhälter kein Interesse mehr an ihr. Aus dem Osten Europas wurden genug junge schöne Mädchen importiert.

Ihr Wagen stand nahe dem Ufer, wo der Nebel besonders dicht wallte, und das Gefährt wäre so gut wie nicht zu sehen gewesen, hätte es nicht die Lampe gegeben, die in der grauen Suppe einen schwachen roten Schimmer abgab. So war Eve Darlings Wohnmobil für ihre Stammkunden auch bei dieser eingeschränkten Sicht nicht zu übersehen.

Die Nacht war schlecht gewesen. Gerade mal zwei Freier hatten den Weg zu ihr gefunden. Einen davon kannte sie. Er war so etwas wie ein Stammkunde, der auf Blasmusik stand.

Der andere hatte sich mehr verlaufen gehabt. Ein noch junger Mann, den Eve förmlich in den Wagen hatte hineinzerren müssen. Danach war er sehr zufrieden gewesen, von einer erfahrenen Frau bedient worden zu sein.

Und jetzt?

Sie stand im Wagen und schaute sich um. Ein Arbeitsplatz, in dem das große Bett dominierte. Es war geformt wie ein Ei und bot auch für Sadomaso-Spiele genügend Platz. Man konnte eben bei Eve Darling alles bekommen. Von zärtlich bis brutal.

Sie rauchte und stand neben dem Aschenbecher, der einen stilisierten Mund darstellte. Es war recht warm im Wagen, eigentlich schon unangenehm. Sie beschloss, die Tür zu öffnen und frische Luft hereinzulassen, auch um den Qualm der Zigarette zu vertreiben.

Unter der Decke hing ein Spiegel. Die Fahrerkabine war durch eine feste Wand abgetrennt. Dieser kleine Raum hinter dem Lenkrad war so etwas wie ihr privates Reich. Dort ließ sie keinen Gast hinein, wohl aber in die enge Dusche am Heck des Wohnmobils, denn auf eine gewisse Reinlichkeit bestand sie.

Eve sah für ihr Alter noch gut aus, auch wenn ihre Brüste schwer geworden waren. Es gab genügend Männer, die gerade das liebten, ebenso wie ihre schwellenden Hüften. Sie hatte ein nettes Gesicht, das von dunklen lockigen Haaren umrahmt wurde, und der stark geschminkte rote Mund glänzte wie eine Wunde.

Wenn sie pausierte, lief sie nicht nackt herum. Dann streifte sie den dünnen Morgenmantel über, der an einigen Stellen durchsichtig war. Auch jetzt hatte sie ihn angezogen.

Sie drückte die Zigarette aus und dachte darüber nach, ob sie noch länger bleiben oder besser wegfahren sollte.

Sonst fiel ihr die Entscheidung immer schwer. Aber nicht bei diesem Wetter. Da verirrten sich nur wenige Kunden zu ihr. Dazu kam, dass es schon ziemlich spät war.

Sie lebte nicht nur im Wohnmobil. Eve besaß eine Miniwohnung in einem der Hochhäuser, in die man vor dreißig oder vierzig Jahren gern gezogen war. Eve war damit zufrieden.

Sie drückte die Kippe aus und ging auf die Seitentür zu. Dabei gähnte sie. Innerlich hatte sie schon Feierabend gemacht. Nur noch lüften, das war es dann.

Eve zog den Riegel zurück und öffnete die Tür.

Draußen war es kalt geworden. Der Nebel wallte ihr entgegen, und sie schaute hinein in die bleiche Suppe. Das rote Licht färbte sie in der Nähe des Wagens. Von der nahen Straße sah und hörte sie nichts. Sie schien meilenweit entfernt zu sein, und sie erschauderte bei dem Gedanken, dass sie weit und breit der einzige Mensch in dieser Nebelsuppe war. In Momenten wie diesem dachte sie oft ans Aufhören, aber das sah meist am nächsten Tag schon wieder anders aus.

Plötzlich hörte sie etwas.

Ein Geräusch, das sie nicht richtig einordnen konnte.

Angst hatte es ihr nicht eingejagt. Es hatte in ihr eher Neugierde ausgelöst.

Sie starrte in die Nebelschwaden hinein und entdeckte eine schattenhafte Bewegung.

Ein Freier?

Eve trat einen kleinen Schritt zurück, ließ die Tür allerdings geöffnet. Und sie dachte an ihre Pistole, die sie im Fahrzeug versteckt hatte. Zwar hatte sie die Waffe noch nie einsetzen müssen, aber für den Fall der Fälle war sie gerüstet.

Die Person kam näher.

Sie schälte sich aus dem Nebel hervor, war bald besser zu erkennen, und Eve riss vor Überraschung die Augen auf.

Das war kein Mann.

Sie sah eine Frau, die sich mit langsamen Schritten auf das rote Licht zubewegte.

Eve Darling war einen Moment lang durcheinander. Dass Frauen den Weg zu ihr fanden, war äußerst selten. Nur zweimal war ihr das passiert, aber da hatten die Frauen ihre Männer mitgebracht, um mit Eve einen Dreier zu probieren.

Auch jetzt dachte sie daran und hielt Ausschau nach einem Mann.

Den sah und hörte sie nicht. Die Frau war tatsächlich allein. Entweder hatte sie sich verlaufen oder sie suchte das, was auch Männer wollten. Gegen eine Lesbennummer hatte Eve nichts einzuwenden, besonders nicht, wenn sie Zeit hatte, so wie jetzt.

Ihre Müdigkeit war verflogen. Dafür war sie von einer gewissen Spannung erfasst worden. Sie sah, dass die Frau eine leichte Lederjacke trug, in deren Taschen sie ihre Hände vergraben hatte.

Vor dem Wagen blieb sie stehen. Rötlicher Nebel umwallte ihr Gesicht, in dem sich jetzt langsam die Lippen bewegten.

„Hast du Zeit?"

Eve lächelte. „Für uns beide, meinst du?"

„Ja."

„Komm rein. Wir werden es uns gemütlich machen. Ich bin übrigens Eve."

„Wie nett."

„Und du heißt?"

„Frenchy – einfach nur Frenchy ..."

Frenchy Davies war unterwegs, und sie würde sich von niemandem mehr aufhalten lassen. Sie brauchte das Blut, und sie würde es auch bekommen.

Auf ihrer Suche hatte sie sich in der Nähe des Flusses gehalten, und sie war froh über den nächtlichen Nebel, der ihr einen guten Schutz bot.

Obwohl sie nur ihre leichte Lederjacke trug, spürte

sie keine Kälte und Hitze mehr.

Sie hatte sich äußerlich nicht verändert, aber sie war kein Mensch mehr, nur noch ein seelenloser Körper, der nichts außer der Gier nach dem Saft der Menschen kannte.

Sie würde beißen, sie würde die Menschen zerstören, wenn es sein musste, ihnen Wunden zufügen und sie bis auf den letzten Tropfen aussaugen.

Alles, was einmal gewesen war, hatte sie vergessen oder verdrängt. Es gab keinen Mason Flint mehr, der ihr Freund gewesen war. Ebenso wenig wie eine Doriana Gray, der sie ihr Vampirdasein zu verdanken hatte. Ab jetzt war sie auf sich allein gestellt. Ein Einzelgänger auf der Suche nach Blut.

London war alles andere als menschenleer. Nur dort, wo sie sich befand, gab es keine Menschen. Um diese Zeit trieb sich niemand an den einsamen Flussufern herum. Die City war an dieser Stelle nicht mal zu erahnen. Hier gab es nur den Fluss und seine zahlreichen kleinen Seitenarme.

Frenchy fühlte sich stark und schwach zugleich. Menschen würden ihr nichts anhaben können, denn in ihr steckten die neuen Kräfte, und die waren mächtig. Auf der anderen Seite fühlte sie sich recht schwach, denn ihre wahre Stärke würde sie erst dann erreichen, wenn sie Blut getrunken hatte, und sie freute sich schon riesig auf den ersten Biss.

Frenchy verließ die unmittelbare Ufernähe. Sie fand einen an beiden Seiten von Büschen begrenzten schmalen Pfad, den sie stolpernd hinter sich brachte. Sie keuchte nicht. Vor ihrem Mund waren keine Atemwölkchen zu sehen. Eine wie sie musste nicht mehr atmen und existierte dennoch.

Die Gier in ihr verstärkte sich. Ihr Blick wurde starrer. Alles in ihr schrie nach Blut. Manchmal blieb sie stehen und stöhnte, aber sie raffte sich immer wieder auf und setzte ihren Weg fort. Es würde nicht mehr lange dauern, dann würde sie eine Straße erreichen. Sie dachte daran, dass dort vielleicht Busse fuhren und es Haltestellen gab, wo Nachtschwärmer warteten.

In ein Haus einzubrechen traute sich Frenchy Davies nicht. Sie wollte ihren ersten Trank in der Einsamkeit genießen und aus der Deckung des Nebels zuschlagen wie eine Katze, die lange genug vor dem Mauseloch gesessen und die Maus in Sicherheit gewiegt hatte.

Etwas irritierte sie.

Frenchy stoppte, weil sie mit der neuen Lage noch ein wenig überfordert war. Bisher hatte sie nur das Grau des Nebels gesehen, doch dieser rote, verschwommene Kreis war keine Einbildung. Den gab es tatsächlich, und er ließ eine bestimmte Hoffnung in ihr aufkeimen.

Im Nebel war die Entfernung schwer abzuschätzen.

Aber zu weit war das rote Licht nicht mehr weg. Dort musste sich ein Haus oder eine Hütte befinden.

Frenchy lief schneller, obwohl sie nur kleine Schritte machte. Der Boden war glatt, und sie musste achtgeben, dass sie nicht ausrutschte.

Aber sie schaffte es und erreichte einen schmalen Weg, der von Bäumen gesäumt wurde, zwischen denen es genügend Platz gab, um auch ein Fahrzeug zu parken.

Und das sah sie nach einigen Schritten, als sie sich nach rechts gewandt hatte.

Es war kein normales Auto, sondern eines dieser Wohnmobile, mit denen die Menschen in Urlaub fuhren. Nur wurden die Wagen dann nicht mit einer roten Laterne beleuchtet, wie es hier der Fall war. Die Laterne war eigentlich eine rot angestrichene Lampe dicht über der Eingangstür an der Breitseite.

Der Wagen war besetzt. Das spürte sie. Ihre vorher matten Augen erhielten einen harten Glanz, und ihre Gier ließ sie erzittern.

Sie überlegte, wie sie vorgehen sollte. Einfach anklopfen, die Tür öffnen und eine harmlose Person spielen – oder es mit Brachialgewalt versuchen, auch deshalb, um den Frust loszuwerden, unter dem sie litt.

Das Problem erledigte sich von selbst. Völlig unerwartet wurde die Tür geöffnet, und Frenchy sah sich einer Frau mit schwarzen Haaren gegenüber. Sie stand im Gegenlicht, und unter dem dünnen Stoff des Hausmantels zeichneten sich die üppigen Formen eines Frauenkörpers ab, der durch das Licht in einen rötlichen Schein getaucht wurde.

In Frenchy Davies schoss etwas hoch, das sie bisher noch nie erlebt hatte. Es war wie eine heiße Welle, und die trug den Namen Blut …

Eve schloss die Tür. Ihre Müdigkeit war verflogen. Sie freute sich über den weiblichen Gast. Was diese Frau mit den blonden Haaren, die sie ein wenig an die Schauspielerin Sharon Stone erinnerte, wollte, stand noch in den Sternen.

Es musste nicht unbedingt Sex sein. Vielleicht wollte sie sich auch nur unterhalten, aber dafür musste sie ebenfalls zahlen.

Frenchy schaute sich um. Sie hielt dabei die Lippen fest zusammengepresst. Eve sollte noch nicht sehen, wer sie wirklich war. Mit der Überraschung würde sie erst später herausrücken.

„Und? Gefällt es dir?"

Frenchy lachte nach dieser Frage. „Es ist gemütlich und viel wärmer als draußen."

„Das muss es auch."

Frenchy drehte sich um. Sie schaute der Frau direkt in die Augen und musste den Blick dabei etwas senken, weil Eve kleiner war als sie. „Du wartest hier auf Freier?"

„Ja."

„Um diese Zeit?"

Eve hob die Schultern. „Ich stand kurz davor, Schluss zu machen. Nichts los gewesen bei dem Wetter."

„Du wärst gleich gefahren?"

„Klar."

„Hm." Frenchy strich über ihr Haar. „Dann bin ich es also, die dich aufhält?"

„Nein, das tust du nicht." Eve lächelte. „Wir können uns Zeit lassen. Du siehst so aus, als könntest du etwas Entspannung gebrauchen."

„Warum?"

„Nun ja, wenn ich deine Kleidung anschaue, sehe ich, dass du einen langen Weg hinter dir hast."

„Das kann man wohl sagen. Ich bin vor einem Kerl weggelaufen."

„Verstehe ich. Aber hier bist du sicher."

„Das hoffe ich." Frenchy lächelte. „Du hast tolle Brüste."

„He." Eve lachte. „Ich dachte immer, sie würden nur den Kerlen gefallen."

„Nein, nein, ich mag sie auch."

„Okay, Frenchy, sie gehören dir, wenn du bereit bist, einen kleinen Obolus zu zahlen."

Geldgeiles Arschloch!, dachte Frenchy, aber sie lächelte weiterhin. „Darüber kann man reden. Aber auch sonst bist du prall. Ich denke, dass viel Blut durch deine Adern fließt."

„Wie kommst du denn darauf?"

„War nur eine Idee."

„Gut. Was willst du geben?"

„Fragen wir mal so: Was kann ich dafür erwarten?"

„Es gibt bei mir keine Tabus. Du kannst alles von mir haben. Von soft bis hart. Du kannst zuvor auch duschen, wenn du willst. Hinter der Trennwand ist alles bereit."

Frenchy runzelte die Stirn. „Ich denke nicht, dass ich duschen muss. Nein, es geht auch so."

„Was geht auch so?" Eves Stimme hatte an Freundlichkeit verloren. Die Worte der blonden Frau hatten sie leicht misstrauisch gemacht.

„Das!", sagte Frenchy und schlug zu.

Der Angriff kam für Eve völlig überraschend. Die Faust traf sie in Magenhöhe wie ein Hammer.

Zunächst tat Eve Darling nichts. Sie stand auf der Stelle, aber sie hatte den Mund aufgerissen und wollte Luft holen. Sie schaffte es nicht. Sie spürte ein Würgen, und plötzlich konnte sie nicht mehr atmen. Dann gaben ihre Beine nach.

Frenchy Davies ging das alles zu langsam. Sie wollte

endlich ihren Blutdurst stillen. Sie trat einen Schritt auf die Frau zu und drückte ihr die Hand ins Gesicht.

Der Kontakt reichte aus, um die Frau nach hinten zu stoßen. Sie schlug nicht auf den Boden, denn das Bett stand nahe genug, um sie aufzufangen. Mit dem Rücken zuerst landete Eve auf dem weichen Polster, federte einige Male hoch und blieb dann liegen.

Luft! Eve versuchte nach Luft zu schnappen. Es war nicht zu schaffen. Der Schlag in die Magengrube hatte sie paralysiert. Das Gefühl, ersticken zu müssen, schwemmte Panik in ihr hoch. Aus ihrem Mund drangen keuchende Laute.

Auch Frenchy ließ sich auf das Bett fallen. Nur lag sie nicht auf dem Rücken, sondern kniete neben Eve. Sie drückte eine Hand gegen den Leib der Frau, um sie daran zu hindern, sich zu wehren.

Eve regte sich auch nicht. Sie wollte keinen Fehler machen, schaute in die Höhe und stellte fest, dass ihr Blick nicht mehr so verschwommen war.

Jetzt sah sie Frenchy besser. Das Gesicht der Blonden war für sie zu einer Fratze des Todes geworden, und das Lächeln schien sie in die Hölle locken zu wollen.

Erst jetzt öffnete Frenchy ihre Lippen. Sie ließ sich Zeit dabei und wollte, dass Eve jede Bewegung mitbekam. Sie lauschte dabei dem Keuchen der Frau, die nicht ahnte, was ihr bevorstand, aber eine Ahnung bekommen würde, wenn Frenchy ihre Lippen zurückgezogen hatte und sie die beiden spitzen, kräftigen Zähne sah, die aus ihrem Oberkiefer ragten.

Noch hatte Eve unter den Nachwirkungen des Schlages zu leiden. Erst allmählich begriff sie, wer da neben ihr kniete und auf sie herabschaute.

Der Begriff Vampir schoss ihr plötzlich durch den Kopf, doch sie konnte es nicht glauben, denn so etwas gab es nicht.

„Siehst du mich, Eve?"

Jetzt hätte sie eine Antwort geben müssen, aber sie brachte keinen Ton hervor.

Das passte der Untoten nicht. „Ob du mich siehst?", brüllte sie.

Im Liegen deutete Eve so etwas wie ein Nicken an.

„Und weißt du auch, was das bedeutet?"

Diesmal bemühte sich Eve um eine Antwort. Es wurde ein Krächzen, aus dem Frenchy die Worte herausfiltern musste.

„Ich habe etwas Geld und …"

„Ich will kein Geld!"

Eve verstummte.

„Ich will was anderes! Du gehörst mir schon, aber ich will alles von dir. Vor allen Dingen will ich das Blut, das in dir fließt."

Es war eine Antwort, die Eve Darling schockte.

Leider war sie so real wie die beiden langen Eckzähne, die wie Magnete ihren Blick anzogen.

„Dich gibt es nicht!“, stieß sie keuchend hervor. „Du bist ein Albtraum. Es – es – kann dich nicht geben.“ Sie sprach so schnell, dass sie sich verhaspelte.

Frenchy machte kurzen Prozess. Sie genoss es, Gewalt über einen Menschen zu haben, und sie schlug Eve rechts und links ins Gesicht, sodass deren Kopf von einer Seite zur anderen geschleudert wurde.

„Na, sieht so etwa ein Albtraum aus? Fühlt er sich so an?“

Eves Wangen brannten. Sie spürte das Tränenwasser in ihren Augen. Es verschleierte ihren Blick, und darüber war sie froh. Aber sie hatte nicht vergessen, was diese Unperson von ihr wollte. Das Blut eines Menschen trinken zu wollen, das war nur pervers.

Das Gefühl für Zeit war Eve verloren gegangen. Deshalb wusste sie auch nicht, wie lange sie schon auf dem Bett lag, das für sie zur Folterbank geworden war.

Allmählich schwächte sich das Brennen auf ihren Wangen ab. Auch ihre Sicht klärte sich, und sie wünschte sich von ganzem Herzen, dass die Fremde verschwunden war.

Leider war sie das nicht. Sie saß jetzt auf dem Bettrand und umleckte ihre Lippen wie eine Katze ihr kleines Maul. Die Kleidung war schmutzig, als hätte sie mit feuchter Erde Bekanntschaft gemacht. Sie strömte einen bestimmten Geruch aus, den Eve kannte. Er war in der Nähe des Flusses fast immer vorhanden.

„Wieder da?“

„Was soll das?“, fragte Eve.

„Ich will, dass du alles intensiv erlebst. Das Eintreten in dein neues Leben.“

„Das will ich nicht!“

„Dir bleibt keine andere Wahl.“ Frenchy fügte nichts mehr hinzu. Sie hatte genug geredet, der Druck in ihr nahm immer mehr zu. Sie glaubte schon, durch die Haut in die Adern hineinsehen zu können, um dort den Fluss des Blutes zu verfolgen.

Urplötzlich griff sie zu!

Eve Darling schrie auf, als die Hände sie umkrallten und in die Höhe rissen. Es ging alles wahnsinnig schnell. Eve kam nicht einmal mehr dazu, einen klaren Gedanken zu fassen. Sie fühlte sich zu einem Spielball degradiert, und sie fand auch nicht mehr die Kraft, um Widerstand zu leisten.

Frenchy Davies hielt sie eisern fest. Dabei drückte sie den Kopf ihres Opfers nach rechts, damit sich die Haut an der linken Halsseite spannte. Den Kragen des dünnen Mantels zerrte sie zur Seite und hatte nur Blicke für den Hals.

Das helle Schimmern der Haut. Durch die Straffheit zeichneten sich sogar die Adern ab, und Frenchy glaubte, das Blut jetzt schon schmecken zu können. Tief in ihrem Rachen entstand ein Laut, der nichts Menschliches an sich hatte, sodass Eve glaubte, sich in der Gewalt eines Tieres zu befinden.

Frenchy brachte ihre Lippen dicht an den Hals heran. Ihre Zunge stieß durch den Lippenspalt und glitt mit der Spitze über die Haut hinweg. Ihr Knurren verstummte erst, als sie die richtige Stelle gefunden hatte.

Da – genau da musste sie zubeißen!

Sie setzte den Biss an. Dabei riss sie ihren Mund weit auf. Widerstand musste sie nicht mehr befürchten, denn Eve Darling war nur noch eine willenlose Puppe.

In diesem Moment geschah etwas, womit auch die Blutsaugerin nicht gerechnet hatte.

Eine Männerstimme klang außerhalb des Wagens auf. Eine Hand schlug einige Male gegen die Tür.

„Mach auf, Eve. Ich bin heute spät dran, aber nicht zu spät. Ich sehe, du hast auch noch keinen Feierabend gemacht!“

Eve Darling wusste nicht, wer ihr später Gast war. Aber sie war ihm dankbar, und ein Funke Hoffnung begann in ihr aufzusteigen.

„Ich muss öffnen!“, krächzte sie.

„Nein, das musst du nicht.“

„Er weiß, dass ich hier bin!“

„Rede nicht so laut, Süße. Das werde ich für dich erledigen …“

„He, Eve, warum sperrst du dich? Stell dich nicht so an!“

Frenchy antwortete ihm, und sie sprach dabei mit einer neutralen Stimme. „Warte noch einen Moment.“

„Ist gut. Aber nicht zu lange.“

„Keine Sorge, du wirst deinen Druck schon noch loswerden.“

„Das muss ich auch. Ich bin geil wie selten.“

Eve atmete flach. Sie wusste, dass der Freier draußen vor dem Wohnwagen ihre letzte Chance war.

Sie schob sich vom Bett, richtete sich abrupt auf und wollte mit einem Satz die Tür erreichen, um sie aufzureißen.

Frenchy machte kurzen Prozess.

In Höhe der Schulter rammte sie ihre Faust nach vorn und erwischte die schon stehende Eve an der rechten Schläfe. Sie kippte nach hinten, und noch bevor sie rücklings auf das Bett fiel, hatte sie ihr Bewusstsein bereits verloren.

Vor dem Wagen verlor der Freier die Geduld. „Verdammt, Eve“, schrie er, „muss ich woanders hingehen?“

Das wäre Frenchy vor einer Minute noch recht gewesen. Jetzt nicht mehr, denn sie wollte keine Bewusstlose leer saugen. Den wahren Genuss verschaffte ihr nur zuckendes, lebendiges Fleisch.

„Nein, nein, bin gleich da."

„Aber lange warte ich nicht mehr!"

„Brauchst du auch nicht."

Frenchy wollte natürlich nicht, dass der Typ die bewusstlose Nutte auf dem Bett liegen sah. Deshalb musste sie etwas unternehmen. Sie packte den leblosen Körper und schleifte ihn ins Heck des Wagens.

Dort riss sie die schmale Tür in der Verkleidung auf. Dahinter befand sich die Einbaudusche. Sogar eine chemische Toilette war vorhanden. Auch normale Hand- und Zellstofftücher sowie ein Abfalleimer.

All das erfasste Frenchy mit einem Blick, und sie sah auch, dass das Bad groß genug war, um den Frauenkörper aufzunehmen. Sie legte ihn auf den Boden und drückte dann die Tür zu.

Jetzt war sie bereit.

Sie lächelte breit, als sie rief: „Ich komme, mein Freund."

„Das wurde auch Zeit!"

Frenchy riss die Tür auf. Dabei schaute sie in das Gesicht eines Mannes, das einen so dummen und zugleich überraschten Ausdruck zeigte, dass sich die Blutsaugerin das Lachen verkneifen musste.

Sekundenlang sprach keiner von ihnen ein Wort.

Der Freier, ein Mann um die fünfzig mit Halbglatze und dunkler Goretex-Jacke, schüttelte nur den Kopf. Es dauerte eine ganze Weile, bis er die Sprache wiedergefunden hatte, und der Satz, den er sagte, klang auch nicht eben intelligent.

„Du bist nicht Eve."

„Du bist ja ein Schlaumeier."

„Aber – aber – sie ist doch im Wagen gewesen."

„Bist du sicher?"

„Ich habe mit ihr gesprochen. Oder hast du mir die Antworten gegeben?"

„So sieht es aus, oder?"

„Und wo steckt Eve?"

Frenchy hob die Schultern. Eine Ausrede war ihr längst eingefallen.

„Sie fühlte sich schon am Nachmittag nicht gut. Deshalb bat sie mich, sie zu vertreten. Ich wusste ja nicht, wie lange sie arbeitet, deshalb bin ich noch hier."

„Klar, das verstehe ich."

„Ich bin übrigens Frenchy."

„Und ich heiße Edwin."

„Okay, Ed, du kannst es dir überlegen. Reinkommen oder verschwinden. Wie ich hörte, bist du geil wie selten. Bevor du es dir selbst besorgen musst, wäre es besser, wenn du …"

„Ja, ja, schon. Wie viel?"

„Darüber reden wir später."

„Gut, dann komme ich."

Lächelnd gab Frenchy Davies die Tür frei, und sie erzitterte förmlich bei dem Gedanken, dass sie nun endlich ihren Blutdurst würde stillen können …

Edwin lachte, bevor er sagte: „Sieht ja alles aus wie immer."

Frenchy zuckte mit den Schultern. „Warum sollte sich hier etwas verändert haben? Los, zieh deine Jacke aus."

„Nur die?"

„Alles andere später."

Edwin schaute Frenchy an. „Und was ist mit dir? So hat Eve mich nie empfangen. Sie war schon immer halb ausgezogen. Du siehst aus, als hättest du eine Wanderung hinter dir."

„Ich wollte schon Feierabend machen. Du kamst dazwischen. Sorry."

„Dann zieh dich aus." Edwin atmete schwer. Auf sein Gesicht hatte sich ein dünner Schweißfilm gelegt. Die Augen glühten zwar nicht, aber in ihnen stand deutlich die Gier zu lesen, die ihn beherrschte. „Du hast einen geilen Körper. Los, mach schon."

Frenchy schüttelte den Kopf. „Erst du. Die Jacke stört mich. Alles andere kannst du anbehalten."

„Wieso das denn?“

„Lass dich überraschen. Es ist bestimmt was ganz Neues für dich, was ich dir biete.“

Edwin nickte. Sein Blick saugte sich an der Neuen fest. Er war ein Mann, der in keiner festen Beziehung lebte. Wenn er Sex brauchte, dann besuchte er regelmäßig Prostituierte, und er war nicht nur bei Eve Darling Stammkunde. Wenn diese Frenchy etwas Neues ausprobieren wollte, war ihm das nur recht. Doch etwas störte ihn. Ihm gefiel der Gesichtsausdruck der Nutte nicht. Trotz der schwachen Beleuchtung erkannte er das Lauern in ihren Augen.

Außerdem wunderte er sich darüber, dass die Blonde noch nicht über Geld gesprochen hatte. Umsonst machte sie es bestimmt nicht. Alle anderen Nutten, die er kannte, handelten das Geschäftliche vorher ab. Erst das Geld, dann der Sex.

Diese hier hielt es wohl anders.

„Los, mach schon. Weg mit der Jacke.“

„Ja, ja, nun mal langsam ...“ Er grinste und fing an, sich aus dem Kleidungsstück zu schälen. Ihm war plötzlich warm geworden. Er hätte eigentlich froh sein können, die Jacke loszuwerden, aber plötzlich stieg ein scharfes Misstrauen in ihm hoch.

Da stimmte was nicht.

Er zog die Jacke trotzdem aus und war noch damit beschäftigt, als ihn der harte Schlag mitten auf der Brust traf.

Der Treffer raubte ihm die Luft, er fiel nach hinten und fand keinen Halt. Mit dem Rücken zuerst landete er auf dem Bett, federte noch leicht nach, riss die Augen auf und sah über sich so etwas wie die Fratze eines Monsters.

Aber es war Frenchy. Nur hatte sie sich verwandelt. Sie hielt den Mund nicht mehr geschlossen. Er stand weit offen, und auch die Augen waren aufgerissen.

Edwins Blick aber galt einzig und allein dem Mund. Was er da sah, war für ihn nicht zu begreifen. Aus dem Oberkiefer ragten zwei Zähne hervor. Sie waren an ihren Enden spitz, und innerhalb von Sekundenbruchteilen wurde ihm klar, dass dies kein Spiel war. Die Frau hatte sich auch nicht verkleidet, um ihn zu erschrecken – nein, sie war eine echte Vampirin, was von ihren nächsten Worten unterstrichen wurde.

„Ich will dein Blut, und ich werde es bekommen! Das ist das Neue hier bei mir!“

Edwin konnte nicht fassen, was er sah und gehört hatte. Er wollte hoch.

Noch in der Bewegung knallte die Handfläche gegen sein Gesicht. Der Mann hatte das Gefühl, als ob ihm der Kopf vom Hals gerissen wurde.

Er fiel wieder zurück.

Er hörte das Lachen. Dann wurde er gepackt und in die Höhe gezerrt. Die Frau schleuderte ihn herum. Er prallte gegen die Wand des Wagens, die erzitterte.

Edwin wusste nicht, wie ihm geschah. Alles lief vor ihm ab wie ein Horrorfilm, in dem er das Opfer war. Seine Knie waren weich geworden, sein Gesicht schmerzte höllisch, und er verlor völlig die Übersicht. Er war nie ein Held gewesen, das Kämpfen hatte er immer anderen überlassen, und so dauerte es eine ganze Weile, bis er begriff, dass er sich wehren musste, wollte er sein Leben behalten.

Es war mehr ein Reflex, als er sich von der Innenwand abstieß und sich Frenchy entgegenwarf. Dass sie eine Blutsaugerin war, konnte er noch immer nicht glauben.

Mit seiner Aktion überraschte er die Untote, die dabei gewesen war, nach seinem Kopf zu greifen. Durch die Bewegung rutschte ihre rechte Hand vom Gesicht des Mannes ab, aber nicht völlig, denn zwei Finger hakten sich an der Unterlippe fest.

Frenchy fluchte und riss daran.

Ein irrer Schrei heulte durch das Wohnmobil. Edwin hatte ihn ausgestoßen. Die beiden Finger hatten ihm die Unterlippe eingerissen.

Der Mann taumelte zurück. Blut sickerte aus der Wunde hervor. Dieser Anblick und der Geruch machten Frenchy rasend. Sie vergaß alles, was sie sich vorgenommen hatte.

Sie stürzte sich auf den schreienden Mann und wuchtete ihn erneut auf das Bett. Dann fiel sie über ihn her, und sie benahm sich dabei wie ein Tier. Sie wollte das Blut ihres Opfers und dachte in diesem Moment noch nicht daran, den Biss anzusetzen. Der rote Saft pulste aus der Wunde am Mund, und es sah so aus, als wollte Frenchy den Mann küssen.

Ihre Zunge schnellte vor. Mit dieser leckte sie das Blut weg.

Widerlich klingende Schmatzgeräusche waren zu hören. Dazwischen ein Knurren, aber auch das Wimmern des Mannes, der nicht zu begreifen schien, was mit ihm geschah.

Edwin wünschte sich eine Ohnmacht herbei, um den grauenhaften Schmerz nicht mehr ertragen und das Schmatzen und Schlürfen nicht mehr hören zu müssen, als die Vampirin sein Blut trank.

Plötzlich hörte sie auf.

Vor Edwins Augen waberten Schleier, als wäre der Nebel in das Wohnmobil eingedrungen.

Zwei Hände beschäftigten sich mit seinem Kopf. Sie drehten ihn hart auf die rechte Seite. Über sich hörte er eine knurrende Stimme, die davon sprach, seinen Körper durch den Vampirbiss endlich leer trinken zu wollen.

Edwin war mehr tot als lebendig. Es gab niemanden mehr, der ihn vor der Bestie hätte retten können. Er war dieser unheiligen und grausamen Person hilflos ausgeliefert.

Ein jaulendes Geräusch riss ihn noch mal zurück in die Wirklichkeit. Kurz danach biss Frenchy zu.

Zwei lange spitze Zähne hackten in den Hals des Mannes, um eine Ader zu finden. Die Haut riss wie dünnes Papier, und einen Moment später sprudelte das Blut.

Frenchy Davies hatte als Vampirin keine Erfahrung. Doch sie tat instinktiv genau das Richtige. Sie hielt den weit geöffneten Mund über die Bissstelle, sodass der Saft in ihren Rachen sprudelte.

Sie trank, sie schluckte, sie schmatzte, sie gab sich dem Genuss hin, und erst als der Quell zu versiegen drohte, begann sie wild zu saugen.

Ihre Lippen klebten jetzt am Hals des wehrlosen Opfers. Zwar zuckten der Körper und die Gliedmaßen noch, aber Edwin stemmte sich nicht mehr dagegen, dass sie sein Blut trank.

Frenchy konnte saugen, wie sie wollte, und es bereitete ihr ein unbeschreibliches Vergnügen. Sie fühlte sich nicht nur so stark, sie erlebte so etwas wie eine Neugeburt. Sie spürte, dass sie immer stärker wurde, je mehr Blut sie in sich hineinschlürfte.

Und sie ließ sich Zeit. Beinahe liebevoll saugte sie die letzten Tropfen und schluckte sie. Der süßliche Geschmack war wie ein Rauschgift, das ihr eine nie gekannte Kraft gab.

Sie fühlte sich stark wie nie, blieb neben dem bewegungslosen Mann knien und konnte nicht anders. Sie musste ihrem Triumph freien Lauf lassen.

Frenchy lachte. Sie lachte laut und schrill, wie sie es bisher noch nie getan hatte. Dabei schlug sie mit den Händen auf den reglosen Körper.

Dann warf sie einen Blick auf ihr Opfer.

Der Mann lag zwar auf dem Rücken, sein Kopf allerdings war nach rechts gedreht, sodass die linke Seite des Halses frei lag. Dort zeichneten sich die beiden kleinen blutigen Wunden ab. Sie würden irgendwann trocknen, wie auch die Verletzung an der Lippe nicht mehr blutete. Im Körper dieses Mannes befand sich kein Tropfen Blut mehr.

Frenchy Davies war satt, sehr satt sogar. Sie brauchte keinen zweiten Menschen, um sich noch mehr zu sättigen, aber sie wusste auch um ihren Schwachpunkt.

Die Nacht war ihr Freund, der Tag nicht. Auch wenn keine Sonne am Himmel stand, würde sie im Tageslicht rapide schwächer werden.

Nur bei Dunkelheit gehörte die Stadt ihr. Bei Tageslicht würde sie sich verstecken müssen.

Aber deswegen machte sie sich im Moment noch keine Sorgen. Sie stand erst am Anfang. Sie würde sich weiterhin Menschen holen und ihnen das Blut aussaugen.

Frenchy rutschte vom Bett. Um ihr Opfer kümmerte sie sich nicht mehr. Es war tot, und trotzdem steckte in ihm ein unheilvolles Leben. Edwin trug nun den Keim in sich. Bald würde er als Vampir erwachen und ebenfalls in der Stadt auf Nahrungssuche gehen. Möglicherweise würden sie sich sogar irgendwann mal begegnen.

Es war so still geworden. Auf dem Boden verteilten sich noch einige Blutflecken, um die sich die Wiedergängerin nicht weiter kümmerte. Sie hatte genug getrunken. Sie war satt, und sie wollte es nicht übertreiben.

Bis ihr Eve Darling einfiel.

Dabei hatte sie schon das Wohnmobil verlassen wollen. Jetzt hielt sie vor der Tür und drehte den Kopf langsam nach rechts, denn dort befand sich die schmale Nasszelle.

Da lag die Nutte. Bewusstlos, aber mit Blut gefüllt. Leersaugen oder nicht?

Frenchy mochte jetzt kein Blut mehr. Doch Eve Darling war eine Zeugin. Sie würde eher erwachen als Edwin. Sie würde die Polizei rufen, und genau das wollte Frenchy nicht. Die Bullen waren nicht dumm, das wusste sie aus eigener Erfahrung. Schließlich war sie mit einem Bullen liiert gewesen, der sie jetzt jagen würde.

Also weg mit Eve!

Skrupel kannte sie nicht. In ihr gab es nichts Menschliches mehr.

Die nächsten Schritte brachten sie bis dicht an die schmale Tür heran.

Es war kein Laut von der anderen Seite zu hören, als sie das Ohr gegen das dünne Holz legte.

Sie hielt Ausschau nach einer Waffe. Eine Peitsche hing an der Wand. Es schimmerten auch Handschellen im rötlichen Licht. Das alles eignete sich nicht für ihr Vorhaben.

Das beidseitig geschliffene Messer fand sie in einer Schublade. Ein kaltes Lächeln umspielte ihre Lippen, als sie es hervorholte und mit der Fingerkuppe über die Schneide strich, als wollte sie deren Schärfe prüfen.

Diesmal blieb sie nicht nur vor der Tür stehen, sondern zog sie auf und senkte sofort den Blick.

Auf dem Boden lag Eve. Sie sah aus, als würde sie schlafen. Und Frenchy war entschlossen, dafür zu sorgen, dass es ein Schlaf ohne Erwachen wurde.

An den Füßen zog sie die Leblose aus der Duschkabine. Sie dachte daran, dass sie es den Polizisten nicht zu leicht machen sollte, deshalb lud sie sich die Bewusstlose über die linke Schulter und trat nach draußen. Das Messer nahm sie mit.

Mit einem Tritt schloss sie die Tür und genoss es, in der Dunkelheit zu stehen. Es war ihre Zeit, und die würde sie noch nutzen.

In der Ferne gurgelte der Fluss durch sein breites Bett. Wo das Wohnmobil stand, befand sich ein toter Wasserarm, der nur leise Geräusche von sich gab.

Gebüsch wuchs in der Nähe. Mehrere Sträucher bildeten eine Insel, die auch im Winter sehr dicht war. Sie war das Ziel der Untoten.

Vor der Buschreihe legte sie die Frau nieder.

Eve Darling war noch immer bewusstlos. Sie würde nicht merken, wenn man sie tötete. Aber das hätte Frenchy Davies auch getan, wenn die Frau noch bei Bewusstsein gewesen wäre.

Das Messer blitzte für einen Moment auf, als sich die Vampirin bückte und genau Maß nahm. Sie wollte nicht auf den bewegungslosen Körper einstechen wie eine irre Person. Ein Schnitt musste genügen.

Frenchy setzte das Messer an der Kehle an.

In diesem Moment schlug Eve Darling die Augen auf. Ob sie das grinsende Gesicht über sich wahrnahm, war nicht ersichtlich, denn auf ihren Augäpfeln lag noch ein trüber Glanz. Es interessierte Frenchy auch nicht, und mit einer glatten Bewegung zog sie die Klinge von einer Seite zur anderen und tötete Eve Darling auf der Stelle.

Der Körper zuckte kurz, dann lag er still.

Frenchy steckte das Messer weg, packte die Leiche und zerrte sie in die Büsche. Man würde sie natürlich finden, aber das war ihr egal. Sie würde ihren weiteren Weg gehen und sich von niemandem aufhalten lassen.

Die Stadt lag offen vor ihr. Und sie war voll von Menschen, in deren Adern warmes Blut pulsierte …

2

Vergangenheit

Warum weinst du, Mother Shipton?"
„Weil jedes Leben einmal zu Ende geht, Doriana."

Die junge Frau mit den rabenschwarzen Haaren und der hellen Haut schaute ihre Ziehmutter an.

„Nein, nein", stammelte sie, „aber du doch nicht! Du bist eine besondere Frau. Manche nennen dich eine Hexe, viele haben Angst vor dir, aber ich nicht, du bist die beste Mutter, die ich mir wünschen kann, das schwöre ich dir."

„Aber ich bin ein Mensch." Die Frau mit dem faltigen Gesicht und den hellen klaren Augen nickte Doriana zu. „Und Menschen müssen sterben. Auch ich muss diesen Weg gehen, und ich will die Zeit nutzen, die mir noch bleibt. Deshalb möchte ich, dass du mir zuhörst und alles behältst, was ich dir jetzt sage."

„Ist es wichtig?"

„Ja, sehr." Mother Shipton nickte und entfernte sich von Doriana. Sie ging zu einer alten Truhe, die unter dem Fenster stand, öffnete den Deckel und holte etwas hervor.

Es waren zwei Gegenstände. Zum einen ein altes

Buch, dessen Einband aussah, als bestünde er aus Leder, und zum anderen eine Schale mit einem Deckel, den die alte Frau noch nicht abhob.

Draußen dämmerte es bereits. Die Vögel sangen ihr letztes Lied, als Doriana sich neben die alte Frau setzen musste, die dann das geheimnisvolle Buch aufschlug und mit dem Finger auf eine der Seiten tippte.

„Es ist nicht leicht, alles zu behalten, was in dem Buch geschrieben steht, Doriana, aber du solltest nicht aufhören mit dem Lesen und dem Lernen, denn es ist entscheidend für deine Zukunft. Ich sagte schon, dass ich nicht ewig leben werde. Du aber bist jung, und du wirst weiterhin existieren."

„Aber auch ich muss sterben!"

Mother Shipton drehte den Kopf. „Müssen Engel sterben, mein Kind?"

Doriana erschrak. Sie wollte etwas sagen, Fragen stellen, doch sie brachte kein Wort hervor. Sie hob nur die Schultern und vernahm die Frage ihrer Lehrmeisterin.

„Hast du gehört?"

„Ja, das schon. Aber ich bin kein Engel."

„Für mich bist du das, obwohl du Wege gehen wirst, die nicht immer gerade sind. Noch einmal: Ich werde sterben, aber du wirst dein Leben auf eine besondere Weise weiterführen. Dir wird die Zukunft gehören, als eine Frau, die sowohl Engel als auch Mensch ist."

„Aber nicht alle Engel sind gut. Das hast du mir mal beigebracht."

„Das stimmt, mein Kind. Auch du wirst diese Erfahrung machen, denn du wirst irgendwann in einen Zustand hineingleiten, der dem eines bösen Engels gleichkommt. Man wird dein Blut wollen, und man wird es bekommen, und darauf möchte ich dich gern vorbereiten. Deshalb wirst du dieses Buch lesen müssen und dir einprägen, was darin steht. Es ist ein Hexenbuch. Es wurde vor uralter Zeit in einer fremden Sprache geschrieben, aber mir ist es gelungen, es zu übersetzen, sodass du es jetzt verstehen kannst. In ihm sind die Geheimnisse des Hexendaseins aufgeführt. Alles musst du dir merken, und wenn du es gelesen hast, dann wirst du wissen, dass du keine Angst mehr vor deinem Schicksal zu haben brauchst."

„Das hört sich so schrecklich geheimnisvoll an", flüsterte Doriana.

„Es ist nur für den Unwissenden geheimnisvoll. Nicht für dich, mein Kind."

Mother Shipton legte das Buch in Dorianas Hände. „Und jetzt lies, bitte. Wenn du Fragen hast, wende dich an mich, aber denke immer an deine Zukunft, die vor dir liegt, obwohl du dabei zahlreiche Hindernisse überwinden musst."

Doriana nickte. Keine Fragen mehr, sie wollte es jetzt wissen.

Und sie begann zu lesen. Das Buch klärte sie auf. Sie wusste plötzlich, zu was Hexen fähig waren. Sie lernte das Wissen der uralten Mächte kennen, und sie vergaß die Zeit. Die ganze Nacht über las sie in dem Buch, bis sie es am anderen Morgen erschöpft zur Seite legte und in einen tiefen Schlaf fiel, aus dem Mother Shipton sie weckte.

„Nun, hast du es durch, das Buch?"

„Ja."

„Und weiter?"

„Es war so wunderbar", flüsterte Doriana. „Ich habe Wort für Wort gelesen und ich habe alles behalten. Danke, Mother Shipton."

Die alte Hexe lächelte, und ihr Gesicht bekam dabei noch mehr Falten. „So habe ich es mir gewünscht. Das Wissen steckt in deinem Kopf, aber es ist erst der Anfang."

„Bitte?"

„Ja. Wir sind noch nicht fertig, meine Liebe. Es geht weiter."

Mother Shipton deutete auf die Platte des kleinen Holztisches, wo die geschlossene Schale stand, die Doriana schon am Abend zuvor gesehen hatte. „Wir kommen jetzt zum zweiten Teil, zu einer besonderen

Salbe. Es ist nicht mehr viel da. Es wird sie auf dieser Welt auch nicht mehr geben, aber für dich reicht es."

„Was soll ich damit?"

„Du wirst es erleben."

Mother Shipton hob den Deckel ab, und so sah Doriana den Inhalt.

Die Salbe wirkte farblos. Sie gab auch keinen Geruch ab, und trotzdem ging von ihr etwas aus, das Doriana faszinierte. Den Grund konnte sie nicht sagen, es war einfach so, und als Mother Shipton ihr sagte, sie solle ihr beide Hände entgegenstrecken, da tat sie es.

„Und jetzt leg sie auf meine Knie."

Auch das tat Doriana.

Die alte Frau tunkte zwei Finger in das Gemisch. „Ich werde dir mit dieser Salbe deine Hände einreiben. Sie wird in deine Haut einziehen und nie mehr verschwinden. Sie ist etwas ganz Besonderes, und du wirst erst wieder an sie erinnert werden, wenn die Zeit dafür reif ist. Sie wird ihre Wirkung niemals verlieren, darauf kannst du bauen."

„Und was ist genau damit?"

„Sie sorgt bei dir für heilende Hände. Wenn Menschen Wunden haben, wenn sie verletzt sind, wirst du in der Lage sein, sie wieder zu heilen. Du wirst mit deinen Händen über die Wunden streichen und sie schließen. Auch wenn du die Salbe nicht mehr auf und an deinen Händen siehst, so ist sie trotzdem vorhanden und wirkungsvoll. Du kannst sie nicht mehr loswerden."

Doriana sagte nichts. Sie hörte nur zu, und sie spürte die angenehme Kühle der Salbe, als Mother Shipton ihr beide Hände damit einrieb.

„Auch das wird für deine Zukunft wichtig sein, Doriana. Du magst jetzt den Kopf darüber schütteln, doch in ferner Zeit wirst du anders darüber denken."

Doriana ließ alles mit sich geschehen. Sie hatte vollstes Vertrauen zu Mother Shipton, bei der sie aufgewachsen war. Und sie genoss es, die Hände dieser Frau zu spüren, die die Salbe tief einrieben und dabei auch den letzten Rest aus dem Tiegel holten. Doriana spürte bereits die Wirkung. Das Blut floss schneller durch ihre Adern, und es gab ihr ein gutes Gefühl. Diese Salbung verstärkte das vertraute Verhältnis zwischen ihr und der weisen Frau.

Mother Shipton ließ Dorianas Hände los. Sie lehnte sich zurück. Um ihre Mundwinkel huschte ein dünnes Lächeln, bevor sie sprach und Worte sagte, die Doriana erschütterten.

„Was ich dir bisher gesagt habe, war nichts im Vergleich zu dem, was noch kommen wird. Dabei musst du dir über den Begriff Hexen klar werden. Folge nicht dem alten Volksglauben, dass Hexen sich nur mit dem

Teufel oder der Hölle verbinden. Das mag es geben, doch die Wahrheit ist eine andere. Wir Hexen fühlen uns als Teil der Natur. Als die Gemeinschaft eines großen Ganzen. Wenn für Menschen ein Platz im Himmel reserviert ist, dann zählt das auch für uns. Menschen glauben an ihre Schutzengel, und auch wir haben sie."

Doriana staunte. „Was sagst du da? Wir haben Schutzengel?"

„Ja, du kannst sie auch Schutzgeister nennen. Auch du bist davon nicht ausgenommen, und dieser, dein Engel, wacht über dich, obwohl du ihn nicht siehst. Aber er hilft dir. Er gibt dir Kraft. Er ist immer nahe bei dir, wie es bei keinem zweiten Menschen auf dieser Welt der Fall ist."

Doriana schüttelte den Kopf. „Das – das – verstehe ich nicht."

„Ich werde es dir erklären. Der Engel wird dir auf eine bestimmte Weise helfen. Er ist zwar nicht in der Lage, in dein Schicksal einzugreifen, doch er kann viel für dich tun. Wenn es darauf ankommt, ist er bei dir. Dann wird er dich übernehmen und …"

Doriana hielt es nicht mehr aus. Sie sprang auf.

„Was wird er? Mich übernehmen?"

„Ja."

„Wie – wie kann das sein?"

„Sein Geist und dein stofflicher Körper werden eins.

Du wirst starr werden, du kannst dich nicht mehr rühren. All das, was dich als Mensch ausgemacht hat, wird verschwinden. Aber dafür wird es eine andere Gabe geben, die aus dir etwas Besonderes macht. Während dein Körper in der Starre liegt, wird es einen Geistkörper geben. Es ist dein Zweitkörper, der ebenso aussieht wie der echte. Nur wird er sich in einem Zustand befinden, in dem es für ihn keine Hindernisse gibt. Wände, Wasser, Luft – nichts wird ihn aufhalten können, und er wird erst dann wieder verschwinden, wenn er in deinen Körper zurückgekehrt ist. Dann wird auch die Starre aus dir verschwinden. Du wirst dich wieder so bewegen wie immer, aber wenn es sein muss, wenn du Druck spürst und dir Gefahren drohen, dann hilft es dir, an zwei Stellen gleichzeitig zu sein."

Mother Shipton hatte genug geredet. Sie schloss die Augen und lehnte sich zurück. Plötzlich sah sie so erschöpft aus, dass sie Doriana schon leidtat.

Als sie mit beiden Händen über die fahlen Wangen der Frau strich, lächelte die Hexe.

Sie hielt Dorianas Hände mit ihren dürren Fingern fest und sagte mit leiser Stimme: „Ich weiß, dass nicht mehr viel Zeit bleibt. Das Schicksal wird zuschlagen. Ich habe das Ende meines Lebens erreicht, du aber wirst weiterhin leben. Das sage ich dir, ohne eine Prophetin zu sein."

„Bitte, Mother Shipton, wie kannst du nur so reden!"

„Lass es gut sein, Kind. Du bist meine Erbin, du wirst leben, wenn auch manchmal anders, als du es dir vorstellen kannst. Aber die Zukunft gehört dir, dir allein, Doriana …"

Bei den letzten Worten der Frau hatten sich ihre Augen bereits verengt. Die Erzählung hatte sie angestrengt. Die Augen fielen ihr zu, und Sekunden später war sie eingeschlafen.

Doriana aber saß noch lange neben ihr und dachte an das, was ihre Ziehmutter ihr gesagt hatte.

Noch konnte sie damit nichts anfangen, aber die Zeit würde kommen …

* * *

Gegenwart

Mason Flint schaute Doriana Gray in die dunklen Augen.

„Wie fühlst du dich?", fragte er.

„Nicht gut", antwortete sie leise.

„Warum nicht?"

„Ich fühle mich wie eine Verliererin."

Flint lächelte. „Das muss nicht unbedingt ein Nachteil sein."

„Warum nicht?"

„Weil du deine zweite Existenz als Vampir verloren hast. Das Gemälde, dein Porträt, ist verbrannt und du stehst am Beginn eines neuen Lebens."

Doriana nickte. „Ja. Aber ich bin allein. Ich weiß nicht, wie es weitergehen soll."

„Das weiß niemand von uns. Wer kann schon in die Zukunft schauen?"

„Trotzdem, Mason. Ich fühle mich nirgendwo heimisch." Sie strich über seine linke Wange. „Bei dir ist das anders. Du bist Polizist, du wirst wieder in dein Büro gehen und Verbrecher jagen, für dich geht alles weiter, aber nicht für mich."

Mason Flint nickte. Ja, sie hatte recht.

Er arbeitete bei der Metropolitan Police. Aber auch für ihn war alles anders geworden. Die Ereignisse in den letzten Tagen hatten ihn verändert. Ihm war inzwischen klar geworden, dass sein Job nicht mehr der gleiche sein würde wie vorher. Zu viele Dinge waren in der letzten Nacht geschehen, und damit musste er erst mal fertig werden.

Er war mit dem Vampirismus konfrontiert worden. Er hatte den Fall auch lösen können und dabei die Hauptperson, die geheimnisvolle Doriana Gray, kennengelernt, aber das bedeutete noch nicht das Ende. Er konnte keinen Schlussstrich ziehen wie bei den anderen Fällen, die er gelöst hatte. In ihm war eine Ahnung, dass für ihn und Doriana etwas völlig Neues begann.

Der Blick seiner rauchgrauen Augen fiel auf den leeren Gemälderahmen. Das Bild – und damit Dorianas Vergangenheit – war verbrannt. Ihr zweites Ich als Vampirin existierte nicht mehr. Es gab sie jetzt nur noch als normalen Menschen, der kein Blut mehr trinken wollte.

Normaler Mensch? Nein, das war sie auch nicht. Bevor der Maler Kincaid sie zur Vampirin gemacht hatte, war sie eine Hexe gewesen. Doriana hatte ihm von ihrer Ziehmutter berichtet, deren Nachfolgerin sie hatte werden sollen. Doch dann war diese Mother Shipton von Hexenjägern erwischt und getötet worden.

„Ich komme mit mir selbst nicht klar, Mason", sagte Doriana leise. „Ich weiß nicht mehr, wer ich bin."

„Du bist eine junge, schöne Frau mit wunderbaren schwarzen Haaren und einem Gesicht zum Verlieben. Du hast das böse Märchen verlassen und bist in das gute eingestiegen."

„Schön gesagt, Mason, aber das Leben ist kein Märchen."

„Richtig."

Sie deutete auf sich. „Und im realen Leben muss ich mich erst einmal zurechtfinden. Gut, ich brauche kein Blut mehr zu trinken. Das ist das Einzige, was ich weiß. Aber wer bin ich sonst?"

„Du denkst an deine alte Kraft oder wie immer man das auch nennen mag?"

„Ja." Doriana schaute ihrem Gegenüber jetzt in die Augen. „Das hat nichts mit dem Dasein als Vampirin zu tun. Das will ich wirklich vergessen. Das Gemälde ist abgefackelt. Diese Ära ist für mich vorbei. Ich werde keinem Menschen mehr das Blut aussaugen und mich auf etwas völlig Neues einstellen müssen."

„Das müssen wir wohl beide."

„Und es gibt noch einen Ballast. Deine Freundin, Mason. Frenchy Davies."

Mason schluckte hart. Ja, Doriana hatte Frenchys Blut getrunken und sie anschließend hierher auf das Hausboot schaffen lassen. Doch als sie Mason das Versteck gezeigt hatte, war Frenchy verschwunden gewesen. Sie hatte die Planken aufgerissen und war durch das Loch ins Freie gekrochen.

„Sie ist stark", sagte Doriana, „und sie wird noch stärker werden, wenn sie das Blut eines Menschen getrunken hat. Und das wird sie tun. Die Chancen, an Menschenblut zu gelangen, sind hier in London gewaltig. Ich glaube nicht, dass der Fall für dich schon beendet ist."

„Das weiß ich." Mason Flint nickte. Der Gedanke, Frenchy für immer verloren zu haben und sie jagen und vielleicht töten zu müssen, nahm ihm den Atem. Er brauchte ein paar Minuten, bis er wieder normal denken konnte.

„Siehst du eine Lösung?“, fragte Doriana nach einer Weile.

Er strich über seinen braunen Oberlippenbart, der die gleiche Farbe aufwies wie seine Haare.

„Es bleibt uns nur die Jagd nach Frenchy. Sollten wir sie stellen können, dürfen wir nicht mehr davon ausgehen, dass sie ein Mensch ist, auch wenn sie so aussieht. Sie muss vernichtet werden. Verbrannt, gepfählt, geköpft. Es gibt da wohl mehrere Möglichkeiten.“

„Sie war mal deine Freundin, Mason.“

„Das weiß ich.“

„Und jetzt?“

Er hob die Schultern. „Sie ist für mich kein Mensch mehr. Sie wird unterwegs sein, um Blut zu saugen, und ich gehe davon aus, dass sie bald ein Opfer findet. Und durch jeden Biss wird ein neuer Vampir geschaffen. Das habe ich mittlerweile gelernt.“

„Ich stehe an deiner Seite, Mason. Du kannst dich auf mich verlassen. Das bin ich dir schuldig. Ich werde gegen die Blutsauger kämpfen.“

„Trotz deiner Vergangenheit?“

„Gerade deshalb. Ich will nicht wieder davon anfangen, aber ich habe zwei Vergangenheiten. Mein Vampirdasein, das mir ein Überleben über viele Jahrzehnte hinweg ermöglicht hat, ist jetzt vorbei. Aber es bleibt die Hexe in mir. Ich werde nie ein normaler Mensch sein. Ich bin ein Zwischending, stehe zwischen Gut und Böse. Als Hexerin habe ich über starke übersinnliche Kräfte verfügt, die ich sowohl zum Guten als auch zum Bösen nutzen konnte. Diese Kräfte können nicht verschwunden sein, wahrscheinlich müssen sie nur wieder neu geweckt werden."

Mason erwiderte nichts. Was sollte er dazu sagen? Er konnte nur hoffen, dass sie diese Kräfte, wenn sie wirklich in ihr steckten, für das Gute einsetzte.

Doriana legte eine Hand auf Masons rechtes Knie. „Und wie geht es jetzt mit uns weiter?"

„Du meinst in dieser Nacht?"

„Ja."

„Zurück kannst du nicht, Dorry, das sehe ich ein. So bleibt nur eine Möglichkeit. Ich nehme dich mit in meine Wohnung. Dort kannst du erst mal bleiben."

Doriana verengte die Augen und überlegte. „Das wäre nicht mal die schlechteste Lösung. Aber kann es nicht sein, dass dort jemand auf dich wartet?"

„Du meinst damit Frenchy?"

„Wen sonst?"

Flint schüttelte den Kopf. „Das glaube ich nicht. Nein, das traue ich ihr nicht zu. Sie weiß, dass ich über sie informiert bin, und sie wird dieses Risiko nicht eingehen. Wir haben Nacht, und ich denke eher, dass sie hungrig durch die Dunkelheit eilen wird. Vielleicht hat sie sich schon das geholt, was sie braucht."

„Das denke ich auch."

Mason Flint stand mit einem Ruck auf und musste achtgeben, dass er sich nicht an der Kabinendecke den Kopf stieß. „Wir können nicht länger hier auf dem Boot bleiben. Hinzu kommt, dass draußen noch ein Toter liegt. Ich werde die Kollegen anonym anrufen, damit sie sich um den Mann kümmern und ihn abholen."

„Du hast Oliver erschossen, nicht wahr? Ich erinnere mich, zwei Schüsse gehört zu haben."

Mason nickte. „Er wollte mich aufhalten. Es blieb mir keine andere Wahl, als ihn zu töten."

Mason nahm sie in den Arm und spürte ihr Zittern.

„Lass uns gehen, Mason", flüsterte sie. „Ich will auch nie mehr auf dieses Boot zurück. Ich hasse es. Es wäre mir recht gewesen, wenn es zu einem Raub der Flammen geworden wäre."

„Du wirst auch so nicht mehr zurückmüssen", sagte er und drehte sie auf den Ausgang zu.

Doriana nickte nur. Sie kletterte zusammen mit Mason an Deck, wo die feuchtkühle Nachtluft in ihre Gesichter schlug. Sie erkannten, dass der Dunst über dem Wasser und am Ufer dichter geworden war.

Er schwebte auch über dem Toten, vor dem beide stehen blieben und leicht erschauderten.

„Auch er ist für mich ein Stück Vergangenheit, mit der ich nichts mehr zu tun haben möchte, Mason."

„Das brauchst du auch nicht." Flint dachte daran, an einer neutralen Telefonzelle zu halten und von dort aus die Kollegen mit verstellter Stimme anzurufen.

Sie stiegen in Dorianas burgunderroten Bentley ein, in dem Oliver sie hergefahren hatte.

„Wir müssen den Wagen loswerden", sagte Mason. „Am besten wird es sein, wenn wir ihn in der Nähe der US-Botschaft stehen lassen."

Dorry erwiderte nichts. Sie schnallte sich an und lachte freudlos.

„Was hast du?"

„Nichts, Mason. Ich habe nur das Gefühl, jetzt in ein neues Leben zu fahren."

Mason erwiderte nichts. Er hing seinen Gedanken nach. Was er bisher erlebt hatte, kam ihm wie ein böser Traum vor. Es war jedoch keiner. Es war die reine Wahrheit, auch wenn sie nicht zu begreifen war, wenn man ein normaler Mensch war.

Er hatte bisher das Leben eines Polizisten geführt, das auch nicht immer leicht gewesen war. London konnte manchmal ein Sumpf des Verbrechens sein. Er hatte sich damit abgefunden, und zu seinem Leben hatte auch Frenchy Davies gehört, seine Freundin, die jetzt nicht mehr als normaler Mensch bezeichnet werden konnte.

Um zu überleben, brauchte sie das Blut anderer Menschen, und als Mason daran dachte, spürte er einen Kloß in seinem Hals. Er musste schlucken, bekam ihn aber nicht weg und hatte plötzlich wieder die blutleeren Leichen vor Augen, die in London gefunden worden waren. Ohne Blut, aber mit einer Hutnadel getötet. Genau in das Herz gezielt.

So killte man Vampire. Mason hatte nie daran geglaubt. Der weitere Verlauf des Falls hatte ihn schließlich dazu gezwungen, und so war er auf Doriana Gray gestoßen. Sie war für diese Taten verantwortlich gewesen, und als ihr aufgefallen war, dass sie verfolgt wurde, hatte sie ihre Konsequenzen gezogen, sich Frenchy Davies geschnappt, ihr Blut getrunken und sie auf dem alten Hausboot versteckt. Sie hatte zeigen wollen, wer sie wirklich war, und das war ihr gelungen. Dass sich die Waage allerdings zu einer anderen Seite hin neigen würde, damit hatte sie nicht rechnen können.

Schließlich war es Mason gewesen, der sie mit der Vernichtung des Gemäldes, das sie als Vampirin zeigte, von ihrem Fluch des Vampirseins befreit hatte, sodass ihre eigentliche Existenz wieder zum Vorschein gekommen war, die seit vielen Jahren verschüttet gewesen war.

Doriana dachte jetzt anders. Sie musste anders denken, und sie konnte sich schnell umstellen, ganz im Gegensatz zu Mason Flint.

Seine Gedanken drehten sich um Frenchy, die jetzt zu seiner Feindin geworden war. Dass sie auf der Jagd nach menschlichem Blut sein könnte, war für ihn kaum vorstellbar.

Er dachte an ihre gemeinsame Vergangenheit, als sie ein glückliches Paar gewesen waren.

Und jetzt? Sollte alles vorbei sein?

Mason schluckte wieder. Er hatte in diesem Moment das Gefühl für Raum und Zeit verloren. Er schaute ins Leere, aber die Bilder in seinem Kopf wurde er nicht los. Er sah sich und Frenchy. Beide am Strand liegen, zwei Menschen, die sich liebten, die viele Nächte miteinander verbracht hatten. Die sich vertrauten, die auch schon darüber nachgedacht hatten zu heiraten.

Und jetzt dieser Schlag!

Er hörte sich selbst stöhnen und war froh darüber, dass Dorry keine Fragen stellte. Diese Momente der Trauer waren für ihn wichtig. Man gab einen Menschen nicht einfach so auf, mit dem man lange Zeit zusammen gewesen war. Es schrie in ihm danach, irgendetwas für Frenchy zu tun. Zugleich war er Realist. Er wusste, dass es zu spät war. Er konnte Frenchy nicht von diesem Fluch befreien, wie es mit Doriana geschehen war. Frenchy konnte nur erlöst werden, indem man sie tötete.

Etwas drückte von hinten gegen seine Augen. Bisher hatte er versucht, die Tränen zurückzuhalten. Es gelang ihm nicht mehr. Seine Augen füllten sich mit Wasser. Er zog die Nase hoch und spürte eine Berührung an seiner linken Hand.

Es war der Trost der Frau, die neben ihm saß, und es tat ihm gut.

„Wir können nichts mehr ändern, Mason. Was geschehen ist, das ist geschehen. Ich kann mir denken, wie es in dir aussieht, aber der Weg jetzt führt nur nach vorn und nicht zurück."

„Ich weiß", gab er flüsternd zu, „aber du musst verstehen, dass ich Frenchy nicht so leicht vergessen kann. Die Trauer gehört zum Menschsein, und das ist auch gut, finde ich."

„Ja, das sehe ich ein. Aber jetzt sollten wir zusehen, dass wir von hier verschwinden."

3

Eine Telefonzelle war schnell gefunden. Sie stand wie ein einsamer Wächter im Dunst, der sie von allen Seiten umschwebte. Mason Flint ließ den Bentley ausrollen, stieg aber noch nicht aus und schaute sich erst um. Als er sicher war, keine Verfolger in der Nähe zu wissen, verließ er den Wagen und betrat die Zelle.

Was er vorhatte, gefiel ihm nicht. Er hatte das Gefühl, seine Kollegen an der Nase herumzuführen, aber momentan sah er keine andere Möglichkeit. Denn wenn die Kollegen wüssten, dass er den Mann in Notwehr getötet hatte, würden sie nach dem Grund fragen und nicht locker lassen, bis ihm nichts anderes übrig blieb, als ihnen von Doriana zu erzählen.

Er telefonierte mit der Bereitschaft. Seine Stimme hatte er dabei verstellt. Der alte Trick mit dem Taschentuch über der Sprechmuschel griff noch immer.

Auf Fragen gab er keine Antworten. Gleich darauf saß er wieder hinter dem Lenkrad.

Doriana schaute ihn an. „Alles erledigt?"

„Sicher."

„Wie hast du dich gefühlt?"

Er hob die Schultern. „Nicht besonders. Ich will nicht sagen, dass ich mir wie ein Verräter vorgekommen bin, aber viel hat nicht gefehlt."

„Und es bleibt bei deinem Plan?"

„Was sonst? Oder hast du eine bessere Idee?"

„Nein. Welche Idee sollte ich schon haben?" Sie strich ihr dunkles Haar an den Seiten zurück. „Ich muss mich erst an mein neues Leben gewöhnen. Und dabei spukt das alte immer noch in meinem Kopf herum."

„Denkst du dabei an Mother Shipton?"

„Ja, natürlich. Ich habe dir ja erzählt, wie sie starb, und ich habe auch diese beiden Wesen gesehen, die plötzlich erschienen sind und miteinander gekämpft haben. Ich weiß bis heute nicht, wer es war. Aber ich habe die Erscheinungen nicht vergessen. Ebenso wie diesen Kincaid, den Maler und Blutsauger, der mich als Vampirin porträtiert und schließlich auch zur Vampirin gemacht hat. Ich glaube deshalb, dass ich noch einiges aufarbeiten muss, bevor ich mich in meinem neuen Leben zurechtfinde."

„Ich werde dir dabei helfen."

„Danke, Mason. Aber du musst auch an dich denken. Du darfst nicht vergessen, dass du einen Job hast. Du bist Polizist, und ich frage mich, wie du deine Arbeit und meine Existenz unter einen Hut bringen willst."

„Es wird mir schon etwas einfallen."

„Das hoffe ich." Sie griff nach rechts und streichelte seine Hand. Dabei huschte ein flüchtiges Lächeln über ihre Lippen, was Mason guttat.

Auch für ihn war es eine Umstellung. Er dachte daran, was ihm bevorstand, und seinen Beruf mit den neuen Gegebenheiten unter einen Hut zu bringen, würde nicht einfach werden.

Zu Martin Curtis, seinem Vorgesetzten, zu gehen und ihm reinen Wein einzuschenken, war so gut wie unmöglich. Curtis würde ihm nicht glauben. Für ihn selbst war es ja schwer genug, die Tatsachen so zu akzeptieren, wie sie waren. Der Gedanke, es mit Vampiren zu tun zu bekommen, war ihm noch immer sehr fremd.

Der Nebel wollte nicht weichen, aber er war an verschiedenen Stellen dünner geworden. Das merkte auch Doriana. Sie saß angespannt auf dem Beifahrersitz und starrte durch die Frontscheibe, wobei sie hin und wieder den Kopf schüttelte und vor sich hin flüsterte.

Da Mason nichts verstehen konnte, fragte er: „Hast du was?"

„Ich spüre, dass etwas auf uns zukommt. Etwas ist plötzlich anders geworden."

„Was?"

„Die Umgebung."

Die Antwort überraschte ihn, und er fuhr unwillkürlich langsamer. „Kannst du mir das erklären?"

„Ich will es versuchen. Ich habe das Gefühl, dass eine Gefahr auf uns lauert."

„Kannst du Einzelheiten nennen?“

Sie zuckte mit den Schultern und strich mit beiden Handflächen an ihren Wangen entlang. „Nein, das kann ich nicht“, murmelte sie. „Ich spüre nur, dass da etwas ist. Mother Shipton hat mir einiges beigebracht und mich zur Hexerin erzogen. Ich war mit ihr in London. Ich erinnere mich daran, die Stadt zu kennen, auch die Gegend an der Themse, wo wir jetzt fahren.“

„Und weiter?“

„Es hat sich vieles verändert. Es gibt keine Kutschen mehr. Keine Menschen, die hier ihre Hütten und Häuser haben. Keine Feuer, keine Schiffe, die be- und entladen werden.“

„Denk an die Zeit, die inzwischen verstrichen ist.“

„Das tue ich ja. Doch die Erinnerung ist da. Ich weiß, dass ich sie so einfach nicht mehr loswerde. Sie wird immer wieder in mir hochsteigen, und damit werde ich leben müssen. Muss ich mich davor fürchten, dass sie sogar stärker und konkreter werden kann als die Gegenwart?“

„Sorry, das weiß ich nicht.“

„Ich auch nicht, Mason.“ Sie atmete schwer. „Es wird kein leichtes Leben werden als Hexe.“

Flint zuckte leicht zusammen. „He, du siehst dich immer noch als eine Hexe an?“

„Ja.“

„Warum denn das?“

„Das spüre ich in mir. Mother Shipton hat mich nicht grundlos aufgezogen.“

„Und was war mit deiner leiblichen Mutter?“

Doriana schwieg zunächst. Mit dieser Frage konnte sie nicht viel anfangen. Nach einer Weile sagte sie mit leiser Stimme: „Ich kenne meine Mutter nicht. Ich bin von Mother Shipton großgezogen worden. Sie war damals eine bekannte Frau. Man kann sie als mächtige Hexe bezeichnen, die noch bei ihrem Tod für eine Überraschung sorgte, wenn ich an die geheimnisvollen Gestalten denke, die da erschienen sind. Sie hat mir nie gesagt, woher ich stamme und wer mich geboren hat. Später wollte ich es auch nicht mehr wissen, doch jetzt muss ich daran denken. Gerade jetzt, was auch seltsam ist, finde ich.“

„Wir müssen es nehmen, wie es kommt.“

Der Dunst hatte sich nicht weiter verdichtet. Als eine fahle graue Suppe durchzog er mit seinen trägen Schwaden die Dunkelheit.

Andere Fahrzeuge begegneten ihnen kaum. Und wenn doch, dann sahen sie aus wie Phantome mit zerfasernden Lichtern, die lautlos an ihnen vorbeihuschten.

Doriana hatte ihre Starre verloren und bewegte sich auf dem Sitz leicht von einer Seite zur anderen.

„Was ist los mit dir?“ Mason war das natürlich aufgefallen.

„Bitte, fahr langsamer.“

„Und warum?“

„Tu es.“

„Okay.“ Mason wunderte sich zwar, ging aber mit dem Tempo herunter. Da er jetzt langsamer fuhr, war es ihm möglich, sich mehr auf Doriana zu konzentrieren als auf das Fahren, und er spürte deutlich ihre Unruhe. Sie sprach zwar nicht darüber, aber etwas stimmte nicht mit ihr, und sie schaute des Öfteren in die Spiegel.

Flint warf ebenfalls einen Blick in den Rückspiegel, konnte aber nichts hinter ihnen erkennen.

„Werden wir verfolgt?“, fragte er dennoch.

„Ja.“

„Das weißt du genau?“

Sie nickte.

„Und woher?“

„Ich spüre es!“

Noch vor Kurzem hätte Mason über eine derartige Antwort gelacht. Das hatte sich in den letzten Stunden geändert. Neben ihm saß eine Frau, die sich als Hexe bezeichnete. Noch wusste er nicht, welche Kräfte in ihr steckten, aber er sagte sich, dass sie keinen Grund hatte, ihm etwas vorzumachen. So akzeptierte er ihre

Warnung und fragte: „Hast du eine Ahnung, wer uns da verfolgt?“

„Nein. Aber Freunde sind es nicht. Ich spüre ihre Ausstrahlung, und die ist alles andere als gut.“

„Wie nahe sind sie?“

Doriana hob die Schultern.

Mason warf wieder einen Blick in den Innenspiegel. Es war schwer, in diesen Nebelschwaden etwas zu erkennen.

Die Straße führte am Ufer entlang. Manchmal einsam und mit Blick auf den Fluss, dann wieder rollte der Bentley an Gebäuden vorbei, die aussahen wie Ruinen von Lagerhäusern.

„Sie sind da!“

Drei Worte, die Mason zusammenzucken ließen. Er fragte nicht, wo, denn er sah sie selbst. Bei einem Blick in den Außenspiegel war ihm der helle Fleck aufgefallen, der sich an ihre Fersen geheftet hatte.

Augenblicklich arbeitete sein Gehirn auf Hochtouren. Ein einzelnes Licht, das deutete auf ein Motorrad hin!

Doriana warf ihm einen schnellen Blick zu. „Du hast es auch gesehen?“

„Ein Scheinwerfer.“

Sie nickte. „Ich spüre, dass man es auf uns abgesehen hat. Ich weiß nicht, wer das ist, aber ich glaube, dass wir in Schwierigkeiten geraten werden."

„Okay, dann sollen sie kommen."

Und sie kamen tatsächlich. Zwar wurde das Licht des Scheinwerfers nicht unbedingt heller, aber sie hörten plötzlich die Geräusche, die zu einem Motorrad gehörten. Durch den Nebel klang das Brummen gedämpft.

Mason sah im Innenspiegel, wie sich aus der wabernden Brühe etwas hervorschälte. Das Licht war jetzt deutlicher zu sehen, und hinter oder über ihm hob sich ein menschlicher Umriss ab.

Das plötzliche Röhren war so laut, als wäre es vom Himmel auf sie niedergefallen. Der Fahrer hatte Gas gegeben, und Sekunden später schon befanden sich Motorrad und Bentley auf gleicher Höhe.

Mason drehte den Kopf.

Zwei Gestalten saßen auf der Maschine. Von ihnen selbst war nicht viel zu erkennen. Das lag zum einen an der dunklen Kleidung und zum anderen an den Helmen, die sie über ihre Köpfe gestülpt hatten, die Visiere herabgeklappt.

Und das war nicht alles.

Der Mann auf dem Sozius war bewaffnet. Und er trug eine Waffe, die nicht in diese Zeit passte.

Es war kein Revolver oder eine Maschinenpistole, er war mit einer Armbrust bewaffnet, auf der bereits ein Bolzen schussbereit lag!

Mason tat das einzig Richtige in seiner Lage.

Bremsen!

Er nagelte das Pedal praktisch fest. Da sie nicht schnell fuhren, blieb der Wagen in der Spur, und die beiden Männer auf dem Motorrad jagten an ihnen vorbei.

Flint nickte. Genauso hatte er es gewollt. Aber er wusste auch, dass er die beiden Typen damit noch längst nicht losgeworden war.

Dorianas Ahnung hatte nicht getrogen. Die Männer auf dem Motorrad hatten offenbar einen Auftrag, und den würden sie ausführen. Mason Flint ging schon jetzt davon aus, dass der Angriff weniger ihm als Doriana galt.

Die Verfolger waren vorgefahren und im Nebel verschwunden. Das Rücklicht war erloschen.

„Sie kommen zurück!“, flüsterte Doriana.

„Bestimmt!“ Mason hatte den Wagen zum Stehen gebracht. Er schnallte sich los.

„Du willst raus?“

„Ja. Da habe ich mehr Bewegungsfreiheit. Tu dir und mir einen Gefallen und duck dich!“

„Okay.“

Mason öffnete die Wagentür, behielt den Blick aber nach vorn gerichtet und registrierte in diesem Augenblick ein Gebrüll, das ihm aus dem Nebel entgegenschlug.

Zugleich sah er das verschwommene Licht des Scheinwerfers, und er wusste, was auf ihn zukam. Die Entfernung zwischen ihnen war nicht eben groß, er musste sich beeilen. Er duckte sich und huschte aus dem Wagen in die Kälte der Nacht.

Zwei Schritte brachten ihn an den Rand der Straße. Er zog seine Glock, drehte sich der Maschine zu und damit auch dem Licht.

Für einen winzigen Augenblick wurde er vom Licht des Scheinwerfers geblendet, sodass er die Augen zu Schlitzen verengen musste. Er dachte noch daran, dass er trotz der dichten Nebelschwaden voll im Licht stand, als aus dem Dunkel etwas auf ihn zusurrte.

Es war zu spät, sich zu ducken.

Etwas hieb mit großer Wucht in seine linke Schulter und riss ihn zu Boden.

Er fiel dem Graben entgegen, und während des Falls sah er, dass aus seiner Schulter der Schaft eines Bolzens ragte …

Mason schlug auf. Er landete weich, weil er nicht auf den Straßenbelag prallte, sondern auf den grasbewachsenen Seitenstreifen und dann in den anschließenden flachen Graben rutschte. In seiner linken Schulter wühlte der Schmerz, der dafür sorgte, dass er nicht bewusstlos wurde. Flint bekam noch alles mit, nur hatte er den Eindruck, es zeitverzögert zu erleben.

Er hörte das Brummen des Motors im Leerlauf und sah ebenso das Licht des Scheinwerfers, das sich nicht mehr bewegte. Die Maschine stand.

Mason Flint lag auf dem Rücken. Um etwas sehen zu können, musste er den Kopf anheben. Er schaute über den Rand des Grabens hinweg und sah in der grauen Nebelmasse zwei Gestalten, die sich ihm näherten. Noch immer trugen sie die Helme und sahen in ihrer Kluft aus wie Gestalten aus einem Science-Fiction-Film. Nur hatten sie die Visiere jetzt hochgeklappt, damit sie sich unterhalten konnten.

Mason bewegte sich nicht. Er versuchte, nicht an die Schmerzen in seiner Schulter zu denken, und sah es als einen Vorteil an, dass er seine Glock beim Sturz nicht losgelassen hatte. Nur war er auf den rechten Arm gefallen, sodass die Pistole unter seinem Körper eingeklemmt war.

Die Männer blieben in seiner Nähe stehen. Der mit der Armbrust stellte sich sogar in den Graben und zielte auf seine Brust.

Mason wusste, dass jede falsche Bewegung die letzte in seinem Leben sein konnte. Wenn er nach links schielte, sah er den Bolzen aus seiner Schulter ragen.

Er hatte zudem das Gefühl, dass die Wunde lebte. Sie zuckte und biss.

Dann starrte er den Mann über sich an.

„Schau mal nach!“, sagte der Armbrustträger.

Der andere Typ kam der Aufforderung nach. Er tat etwas, über das sich Mason wunderte. Er schob sich sehr nahe an ihn heran. Das Visier blieb hochgeklappt, denn er wollte etwas sehen, und dabei konzentrierte er sich auf Masons Gesicht.

Mason atmete zischend und stöhnte leise. Er hatte dabei die Lippen zurückgezogen, sodass der andere in seinen Mund schauen konnte und es auch tat.

„Scheiße!“

Der Kommentar traf Mason völlig unvorbereitet, aber auch den zweiten Mann.

„Was ist denn?“

Der Bolzen lag noch immer auf der Armbrust. Wurde er aus dieser Entfernung abgeschossen, war es mit Mason vorbei.

„Was ist scheiße?“

„Der ist kein Vampir!“

„Was sagst du da?“

„Ja, verflucht. Der Typ ist alles andere, aber kein Vampir!“

Eine Weile sagte keiner mehr etwas.

Mason Flint konnte sich zunächst keinen Reim darauf machen, was das alles zu bedeuten hatte, aber allmählich dämmerte ihm etwas.

Diese beiden Männer waren unterwegs, um Vampire zu jagen!

Das hieß, sie wussten über Doriana Bescheid und waren davon ausgegangen, dass der Mann im Bentley ebenfalls zu dieser blutgierigen Spezies gehörte. Jetzt hatten sie ihren Irrtum festgestellt und waren so überrascht, dass sie anscheinend nicht wussten, wie sie sich verhalten sollten.

Der Bolzen zielte weiterhin auf Masons Brust. Er wusste, dass sein Leben noch immer auf des Messers Schneide stand. Offenbar mussten sich die Hundesöhne erst darüber klar werden, wie es weitergehen sollte.

Der Waffenlose drehte den Kopf. „Dann ist sie es. Klar, sie sitzt noch im Wagen!"

„Okay."

Der Mann mit der Armbrust drehte sich um. Sein Ziel war der Bentley, und Mason wusste, dass Doriana jetzt in tödlicher Gefahr war.

Es war sein Vorteil, dass ihm die Killer den Rücken zudrehten. Während sich seine linke Seite wie gelähmt anfühlte, war die rechte beweglich. Er hatte die Waffe in seiner Hand nicht vergessen.

Die Typen standen wieder auf der Straße.

Mason zog den Arm unter dem Körper hervor. Sein

Gesicht war vor Anstrengung verzerrt, als er die Pistole anhob. Er musste verhindern, dass die Vampirjäger an Doriana herankamen.

Der Mann mit der Armbrust drehte sich noch mal um. Ob er im Nebel sah, dass Mason bewaffnet war, war nicht zu erkennen. Aber er schien etwas zu ahnen, denn er stieß einen Fluch aus und schwenkte zugleich die Armbrust herum.

Flint schoss!

Der Nebel schluckte einen Teil des Schalls. Der Mann mit der Armbrust zuckte zurück und gleichzeitig zur Seite. Er fluchte, und Flint wusste nicht, ob er getroffen hatte.

Er schoss zum zweiten Mal.

Die Kerle waren weiter zurückgewichen. Sie ahnten, dass es nicht so einfach werden würde, und sie wollten offenbar nichts riskieren. Sie taten etwas, was Mason Flint überraschte.

Kurz vor dem Bentley drehten sie sich um und stolperten zu ihrer Maschine zurück, die dort aufgebockt stand.

Einen dritten Schuss sparte sich Flint. Die Lichtverhältnisse waren einfach zu schlecht, um einen Treffer zu landen.

Der Motor der schweren Maschine heulte auf, noch bevor der Schütze ganz auf dem Sozius saß, und einen Moment später jagten die Killer in den Nebel hinein.

Masons Arm fiel zurück. Er fühlte sich schwach und erschöpft. Sein linker Arm war taub geworden, und in der Schulter brannte es, als wäre sie mit einem Feuer gefüllt.

Ich habe versagt! Ich bin ein Verlierer!

Die beiden Sätze tobten durch Masons Kopf. Er lag auf dem feuchten Boden, schaute in die über ihm schwebenden kalten Schwaden hinein und hörte plötzlich das Geräusch von Schritten in seiner Nähe, nachdem eine Autotür zugefallen war.

Er atmete auf, als er Doriana auf sich zulaufen sah …

Doriana Gray befand sich in einer Zwickmühle. Die beiden Angreifer kümmerten sich nicht um sie, aber sie war trotzdem im Bentley geblieben, um nichts zu riskieren. Die Kerle hatten Mason gestellt, der in den Straßengraben gerutscht war, und bedrohten ihn.

Dann hörte sie die Schüsse!

Beide Male zuckte sie zusammen. Sie starrte durch das Seitenfenster und sah die Flucht der beiden Männer. Sie jagten los, als wäre der Teufel hinter ihnen her.

Doriana blieb noch im Wagen sitzen. Sie wollte nichts übereilen, schaute durch die Windschutzscheibe, um zu sehen, ob die Kerle vielleicht doch wieder zurückkehrten.

Aber vor dem Bentley breitete sich nur der dichte Nebel aus. Es näherte sich auch kein anderes Fahrzeug, und so verließ Doriana schließlich den Wagen.

Sie sorgte sich um Mason, weil er sich noch nicht aus dem Graben erhoben hatte, obwohl die Killer das Weite gesucht hatten.

Sie erschrak, als sie das leise Stöhnen und schwere Atmen hörte, das ihr aus dem Straßengraben entgegenklang.

Der Schreck fuhr ihr durch alle Glieder, und Sekunden später sah sie Mason am Boden liegen. Aus seiner linken Schulter ragte der Schaft eines Bolzens.

Auch Flint hatte sie gesehen, und er sprach sie mit verzerrter Stimme an. „Sorry, aber die waren schneller als ich."

„Du konntest eben nicht damit rechnen, dass sie sofort schießen würden."

„Ich habe riesiges Glück gehabt." Mason konnte nicht anders, er musste leise lachen. „Du wirst es kaum glauben, aber was ich dir jetzt sage, ist eine Tatsache." Er holte noch mal Luft und fuhr flüsternd fort: „Sie haben Vampire gesucht, Dorry. Sie sind auf der Jagd nach den Blutsaugern, und sie haben in mir einen Vampir gesehen, nur weil ich an deiner Seite war. Daraus müssen wir folgern, dass in London Vampirjäger unterwegs sind, aber frag mich nicht, wer dahintersteckt."

Sie strich zart über seine schweißnasse Stirn hinweg.

„Das ist mir im Moment egal. Du bist verletzt. Wir müssen uns um die Wunde kümmern."

Er nickte. „Der Bolzen steckt tief. Wenn du mir einen Gefallen tun könntest und mich bei einem Krankenhaus aus dem Wagen lässt, wäre mir viel geholfen."

„Ja, das denkst du."

Mason stutzte. „Du nicht?"

„Nein."

Er stöhnte auf, weil er eine unbedachte Bewegung gemacht hatte und die Schulter wieder anfing zu brennen.

„Wie ... wie ... kommst du denn darauf?", fragte er gepresst.

„Weil ich dir helfen werde."

Mason hatte die Antwort gehört, aber er begriff den Sinn ihrer Worte nicht. Wie konnte sie ihm hier in der Einsamkeit helfen?

Dorianas Gesicht schwebte über ihm, und er sah den Ernst in ihren Augen.

„Was hast du vor?", murmelte er.

„Vertraust du mir?"

„Sicher. Bleibt mir etwas anderes übrig?"

„Nein."

„Und was hast du vor?"

„Ich werde dich heilen."

Mason sagte nichts mehr. Ihre Worte hatten ihm die Sprache verschlagen. Er hörte sich nur zischend einatmen. Wäre eine Bewegung nicht mit Schmerzen verbunden gewesen, er hätte den Kopf geschüttelt.

Es war eine Situation, wie er sie noch nie erlebt hatte. Er lag bei Nacht und Nebel in einem Straßengraben, war verwundet, und eine Frau, die er gerade von ihrem Vampirdasein erlöst hatte, wollte ihn von einer tiefen Wunde heilen, die ihm von einem Armbrustbolzen zugefügt worden war.

Seit einigen Tagen war sein Leben alles andere als normal.

„Wie willst du das anstellen?"

Sie gab darauf keine Antwort und fragte erneut: „Vertraust du mir denn, Mason Flint?"

„Bleibt mir etwas anderes übrig?"

„Du musst voll und ganz hinter mir stehen."

Er schluckte und sagte dann: „Ja, das tue ich. Ich stehe voll und ganz hinter dir."

„Danke. Dann muss ich dich fragen, ob du in der Lage bist, Schmerzen zu ertragen."

„Ich leide bereits darunter."

„Diese werden anders sein. Aber auch kürzer. Du

wirst sehen, es ist dann nicht mehr so schlimm."

Ihr Reden lenkte ihn ab. So bekam er nicht mit, dass sie mit einer Hand das Ende des Bolzens umklammert hielt, das aus seiner linken Schulter ragte. Plötzlich zerrte sie daran und riss den Bolzen mit einer einzigen Bewegung aus der Wunde.

Mason schrie leise auf. Der Schmerz war furchtbar. Vor seinen Augen drehten sich plötzlich farbige Kreise.

Doch das war schnell vorbei. Seine Sicht wurde wieder klar, und er sah Doriana Gray noch immer vor sich knien. Ihre Haltung hatte sie nicht verändert, aber sie hielt in der rechten Hand den Bolzen, den sie aus der Wunde gezogen hatte.

„Es ging alles glatt, mein Freund."

In Masons Augen standen Tränen. Er sah nur verschwommen, aber er war den Bolzen losgeworden. In der Wunde pochte es. Kleine böse Geister schienen ihn zu foltern.

Doriana warf den Bolzen zur Seite.

„Das war der erste Teil", erklärte sie mit weicher Stimme.

„Ja, verstehe." Das Sprechen bereitete ihm Mühe. „Und der zweite Teil folgt im Krankenhaus. Ich habe das Gefühl, als würde das Blut nur so aus mir herauslaufen. Jetzt, wo kein Druck mehr vorhanden ist."

„Das stimmt, aber ich werde dich nicht in ein Krankenhaus bringen, Mason."

„Das wäre ein Fehler."

„Nein, wäre es nicht!"

„Was macht dich so sicher?"

„Weil ich bei dir bin."

Es war eine Antwort, die ihn beruhigen sollte und die auch ihre Wirkung auf Mason nicht verfehlte. Er war sich jedoch immer noch nicht darüber klar, was sie vorhatte.

Er wollte sie schon fragen, da sah er, dass Doriana ihre Hände in seine Richtung bewegte. Er rechnete damit, dass sie sein Gesicht umfassen würde. Doch ihre Handflächen näherten sich der Schulterwunde, und Mason zuckte schon jetzt zusammen.

„Bitte, sei vorsichtig. Ich ..."

„Beruhige dich und denk immer daran, wer ich bin, mein Freund."

Das konnte er nicht, denn er schaute fasziniert zu, was Doriana mit ihm anstellte. Er spürte, wie ihre Handflächen über die Wunde strichen, und verkrampfte sich automatisch. Er wartete auf den beißenden Schmerz, auf die Stiche, die bis in den Hinterkopf ziehen würden.

Doch stattdessen flutete eine wohlige Wärme durch seine Schulter. Es tat ihm wahnsinnig gut. Die Schmerzen waren von einem Moment zum anderen verschwunden, und er schaute mit verdrehten Augen ungläubig zu, wie die Hände der Frau seine verletzte Schulter streichelten. Dass sie dabei irgendwelche Worte murmelte, nahm er nur am Rande wahr. Für ihn war das, was mit ihm geschah, kaum zu fassen.

Die wohlige Wärme blieb bestehen, und sie breitete sich in seinem gesamten Arm aus, bis sie seine Finger erreichte und durch die Kuppen auszutreten schien.

Doriana richtete sich wieder auf, und Mason sah das Lächeln auf ihrem Gesicht.

„Was war das?“, flüsterte er.

„Ich habe dich geheilt.“

Er wollte lachen. Sie sogar auslachen. Da sah er den ernsten Ausdruck auf ihrem Gesicht und wusste plötzlich, dass hier etwas geschehen war, das er so leicht nicht erklären konnte.

Er wollte Gewissheit haben, bevor er weitere Fragen stellte. Deshalb winkelte er den rechten Arm an, schob ihn auf die andere Seite des Körpers und legte die Hand auf die Wunde.

Da war nichts mehr. Kein Ziehen, kein Brennen – kein Schmerz. Er hob die Hand wieder und blickte auf die Finger. Kein Blut!

„Das ist nicht möglich, Dorry ...“

„Doch!“

„War es ein Wunder?"

Sie schüttelte den Kopf und lächelte dabei. „Nein, das war kein Wunder, das bin ich gewesen. Hast du vergessen, wer meine Ziehmutter war und wer ich bin?"

„Du bist eine Frau. Eine schöne Frau."

Sie lächelte. „Danke, aber das ist nicht alles. Ich bin noch etwas mehr, denn sonst hätte ich das hier nicht vollbringen können."

Die beiden Worte wollten ihm kaum über die Lippen. Er sprach sie trotzdem aus.

„Eine Hexe?"

„Ja, ich bin eine Hexe. Und du solltest alles vergessen, was du über Hexen gehört hast. Hexen sind nicht nur schlecht, Mason. Hexen können auch gut sein. Das habe ich dir heute bewiesen." Sie stand auf. „Und jetzt ist es Zeit, dass wir von hier verschwinden. Oder willst du noch bleiben?"

„Auf keinen Fall."

„Dann steh bitte auf."

Sie reichte ihm die Hand, und Mason ließ sich auf die Füße ziehen. Er war noch immer perplex.

Als er stand, betastete er seine Schulter und stellte erneut fest, dass es keine Schmerzen mehr gab. Er wollte auch nicht mehr fragen und folgte Doriana, die auf den Bentley zuging und sich auf den Beifahrersitz fallen ließ, als wäre nichts passiert.

Mason setzte sich hinter das Lenkrad. Dass er den Kopf schüttelte, wies darauf hin, dass er noch immer Schwierigkeiten hatte, sich mit dem gerade Erlebten abzufinden. Sosehr er den linken Arm auch bewegte, es gab keine Schmerzen mehr. Er war tatsächlich geheilt worden.

„Willst du nicht fahren, Mason?“

„Ja, ja. Ich überlege nur, wohin wir …“

„Zu dir. Das hatten wir doch vor.“

„Klar, zu mir. Aber zuerst müssen wir den Bentley loswerden. Am besten ist, wir parken ihn irgendwo in der Nähe der US-Botschaft am Grosvenor Square.“

„Ich kenne da eine Parkgarage in der Park Lane“, sagte Doriana.

Mason schüttelte den Kopf. „Sämtliche Parkgaragen sind videoüberwacht. Wir werden schon einen einsamen Platz finden, wo uns niemand beobachtet.“

4

Mason Flint hatte sich das Schloss der Wohnungstür genau angeschaut und festgestellt, dass es nicht beschädigt war. Die andere Seite war ihm also noch nicht auf die Spur gekommen, wobei sich die große Frage stellte, wer die andere Seite war und wer sich dahinter verbarg.

Die beiden Männer hatten die Absicht gehabt, Vampire zu töten. Er hatte sie nicht erkannt. Im Nebel waren ihre Gesichter in den Spalten unter den hochgeklappten Helmvisieren kaum zu erkennen gewesen. Auch wenn er gewollt hätte, er hätte sie nicht beschreiben können.

Er hatte keine Ahnung, wieso die beiden Männer ausgerechnet ihn und Doriana verfolgt hatten. Wussten sie über Dorry Bescheid? Hatten sie vielleicht in der Nähe des Hausboots gelauert und waren ihnen gefolgt, nachdem sie es verlassen und mit dem Bentley weggefahren waren?

Mason wusste es nicht. Er konnte nur hoffen, dass sie nicht wussten, wer er war und wohin er Dorry gebracht hatte. Anhand des Bentleys würden sie es nicht herausfinden, denn der stand jetzt in einer kleinen Seitenstraße in Mayfair und würde wahrscheinlich erst in ein paar Tagen Aufmerksamkeit erregen, weil er nicht abgeholt wurde.

Bald brannte das Licht in allen Räumen seiner kleinen Wohnung. Es war hier niemand eingedrungen, und so kehrte er zurück in den Wohnraum, in dem es sich Doriana in einem Sessel bequem gemacht hatte.

„Es ist alles in Ordnung, Dorry."

„Das wusste ich. Ich spüre trotzdem etwas anderes in deiner Wohnung. Eine fremde Ausstrahlung."

Mason schaltete schnell. „Du meinst Frenchy?"

„Ja. Und sie dürfen wir nicht vergessen, denk daran. Sie ist nicht mehr dieselbe. Sie wird unterwegs sein und versuchen, ein Opfer zu finden, dem sie sein Blut aussaugen kann. Das muss sie einfach tun, auch wenn es dir schwerfällt, dies zu verkraften. Würde sie jetzt vor dir stehen, wärst auch du nicht vor ihr sicher."

Mason nickte und schaute an sich hinab. Seine Kleidung hatte unter dem Sturz in den Straßengraben ziemlich gelitten.

„Ich werde eine Dusche nehmen und mich umziehen. Wenn du in der Zwischenzeit etwas trinken möchtest, es ist genug da."

„Danke."

Mason Flint verließ das Wohnzimmer. Im Bad setzte er sich auf einen schmalen Hocker und schaute ins Leere. Dabei schüttelte er den Kopf. Noch immer wollte ihm nicht so recht in den Sinn, was in den letzten Stunden geschehen war. Da war einfach zu viel zusammengekommen, und er wurde das Gefühl nicht los, dass sein bisheriges Leben völlig auf den Kopf gestellt war. Und ihm blieb keine andere Wahl, als sich auf das Neue einzustellen. Er würde dabei Tatsachen akzeptieren müssen, an die er vor einigen Tagen noch nicht mal einen Gedanken verschwendet hatte.

„Vampire“, flüsterte er. „Es gibt sie also.“

Er verbesserte sich in Gedanken. Es hatte sie schon immer gegeben. Sie waren eine Subkultur. Sie hielten sich versteckt und die Menschen hatten nur nichts davon bemerkt, wie sie sich ihre Nahrung geholt hatten. Zumindest die Masse nicht.

Er lachte leise auf und schüttelte den Kopf.

Wenn er an Doriana dachte, waren Vampire nur die eine Seite der Medaille. Es gab noch eine zweite, und das waren die Hexen.

Er spürte, wie sich sein Pulsschlag beschleunigte, als er daran dachte, dass nebenan in seinem Wohnzimmer eine Hexe saß.

Doriana Gray war keine Blutsaugerin mehr. Sie war wieder das geworden, was sie früher gewesen war. Eine Hexe, eine Frau mit besonderen Fähigkeiten. Da brauchte er nur daran zu denken, wie sie ihn geheilt hatte. Von der Wunde war nicht mal mehr eine Narbe zu sehen.

Doriana Gray, eine Frau mit Hexenkräften, die jetzt auf seiner Seite stand. Da hatten sich zwei Einsame gefunden, so schien es ihm zumindest.

Frenchy!

Ihr Name schoss ihm wieder durch den Kopf, und in seiner Herzgegend zog sich etwas zusammen. Er hatte sie geliebt. Ihr fröhliches Wesen war zu einem Teil seines Lebens geworden. Von einem Tag auf den anderen war es nun vorbei, und Mason fragte sich, ob er jemals wieder die Unbeschwertheit empfinden würde, die er an Frenchys Seite erlebt hatte.

Frenchy war gestorben. Dorianas Blutbiss hatte ihr Menschsein ausgelöscht. Sie war jetzt nichts anderes als ein blutgieriges Monster in einer menschlichen Hülle. Und sie würde nicht das Glück haben wie Doriana, als Mensch weiterleben zu können, wenn sie als Vampir vernichtet wurde. Nein, Frenchy war für immer für ihn verloren. Dennoch würde er sie nie vergessen.

Er schüttelte die Gedanken an Frenchy ab.

Die Gegenwart war Doriana.

Leben und Tod, wie nahe lagen diese Gegensätze manchmal. Bei Doriana hatten sie eine besondere Rolle gespielt. Sie war eine Tote gewesen, die trotzdem gelebt hatte. Eine Untote oder wie immer man sie auch bezeichnen sollte.

Vampiren sagte man so etwas wie ein ewiges Leben

nach, aber das war bei Doriana Gray jetzt vorbei. Sie irrte nicht mehr als Blutsaugerin durch die Welt, sie war wieder zu einer normalen Frau geworden – und zu einer Hexe.

Mason gab sich gegenüber zu, nicht sehr viel über Hexen zu wissen. Was er darüber gehört hatte, das hatte er mehr am Rande mitbekommen. Doch eines stand fest. Es gab einen Unterschied zwischen einer Hexe und einer Vampirin. Von einer Hexe war nie gesagt worden, dass sie so etwas wie ein ewiges Leben besaß. Also musste er davon ausgehen, dass Doriana als Hexe ebenso sterblich war wie jeder andere Mensch, wenn es ihr nicht gelang, bestimmte Kräfte einzusetzen.

Mason stieß die Luft aus und schüttelte den Kopf. Er hatte das Gefühl, in einem Strudel zu stecken, aus dem er nicht mehr entkommen konnte. Er würde sich mit allem abfinden müssen, und er würde nebenbei seinen Job weitermachen müssen, was er als doppelte Belastung ansah.

Am Morgen würde er ins Büro fahren müssen, als wäre nichts geschehen.

Und Frenchy war ja auch noch nicht aus der Welt. Sie irrte jetzt auf der Suche nach Blut durch die Gegend, und Mason war davon überzeugt, dass sie es auch finden würde. Und sie würde nicht daran denken, ihr ausgesaugtes Opfer zu töten, wie es Doriana meist getan hatte. Ihr Biss konnte eine Kettenreaktion auslösen, denn jeder neue Vampir würde satt werden wollen und deshalb auf Blutjagd gehen. Da könnte eine Katastrophe auf die Stadt zukommen.

Und dann gab es noch die beiden Männer auf dem Motorrad. Wer waren sie? Vampirjäger?

Alles wies darauf hin. Weshalb sonst hätten sie versuchen sollen, ihn und Doriana zu töten? Als sie gesehen hatten, dass Mason kein Vampir war, hatten sie ihn verschont.

Noch wussten diese Männer nicht, dass Doriana keine Vampirin mehr war, und das hieß, dass die Jagd auf sie noch nicht vorbei war. Automatisch würde auch er wieder in das Geschehen mit hineingezogen, denn Mason hatte sich vorgenommen, bei Dorry zu bleiben. Koste es, was es wolle.

Nach diesem Gedanken erhob er sich und streifte seine Kleidung ab. Er hängte sie über den Rand der Wanne und öffnete die Tür zur Dusche, die recht groß war.

Das heiße Wasser prasselte aus dem übergroßen Duschkopf auf ihn nieder. Er genoss die Strahlen, während er sich einseifte. Dampfschwaden umgaben ihn und nahmen ihm die Sicht, denn die Glasscheiben waren sofort beschlagen. So sah er nicht, dass die Tür zum Bad geöffnet wurde und Doriana hereinkam. Sie hatte ihre Kleidung bereits im Wohnzimmer abgelegt und betrat das Bad nackt.

Mason spülte noch den letzten Schaum aus seinen Haaren, als ein kühler Luftzug über seinen Rücken fuhr. Sofort drehte er den Kopf aus dem Wasserregen und bekam große Augen.

Doriana glitt in die Duschkabine hinein.

Mason sah sie zum ersten Mal nackt und musste schlucken. Sie war vom Körper her vollkommen. Alles saß an den richtigen Stellen. Sie war nicht zu dünn. Ihre Brüste nicht zu klein und auch nicht zu schwer. Die Warzen erinnerten ihn an vollreife Himbeeren, und das Verlangen, sie zwischen seinen Lippen zu spüren, wurde übermächtig in ihm. Er schaute auf das dunkle Dreieck zwischen ihren Schenkeln und sah dann das Lächeln auf ihren Lippen.

„Ich möchte auch duschen."

Er nickte.

Sie gab den Weg nicht frei und sagte: „Aber mit dir zusammen."

„Es ist Platz genug."

Sie stellte sich vor ihn, legte ihre Arme um seinen Nacken und presste sich an ihn, wobei das Wasser auf beide Körper prasselte.

„Denkst du noch an Frenchy?"

„Nicht in diesem Moment."

„Das solltest du auch nicht. Nie mehr. Es gibt nur noch uns beide, verstehst du?“

Ehe er etwas antworten konnte, fanden ihre Lippen seinen Mund. Sie benahm sich gierig und ließ ihrer Zunge freie Bahn. Es war ein Kuss, wie Mason ihn selten erlebt hatte. Er wurde gegen die Wand gedrückt und spürte, wie seine Erregung stieg.

Der Kuss löschte alles andere aus. Es gab nur noch diese Frau, diese wunderbare Hexe, die so sinnlich küssen konnte und es nicht bei seinem Mund beließ, denn schon bald wanderten ihre Lippen an seiner Brust entlang nach unten, während warmes Wasser über ihre Körper rann.

Masons Hände verkrallten sich im nassen Haar der Frau. Was sie mit ihm machte, war Wahnsinn. Als er nach unten schaute, ruckte ihr Kopf auf und nieder.

Mason stöhnte. Er verkrampfte sich. Er vergaß, wo er sich befand. Alles andere war ihm plötzlich egal. Er fühlte sich wehrlos und zugleich so herrlich gut. Die Welt um ihn herum hätte untergehen können, und er hätte es nicht bemerkt.

Dann erfolgten die Explosion und sein tiefes Stöhnen, das selbst das Rauschen des Wassers übertönte.

Dann war es vorbei.

Mason wusste nicht, ob er die Augen öffnen oder lieber geschlossen halten sollte. Die normale Welt war für ihn entrückt, und er näherte sich ihr nur langsam wieder. Wie in Trance war er Doriana aus der Duschkabine gefolgt und fand sich im Bad wieder. Er hatte weiche Knie und drehte sich langsam um, als er das Lachen in seiner unmittelbaren Nähe hörte.

Doriana hatte das Wasser für den Moment abgestellt und lächelte ihn an.

„Das war Wahnsinn, Dorry, das war …"

„Ich weiß." Sie nickte ihm zu. „Warte auf mich, und gieß mir etwas zu trinken ein."

„Okay."

„Ich freue mich." Sie verschwand in der Kabine und stellte das Wasser wieder an.

Mason griff zum Handtuch. Er trocknete sich ab. Er tat dies alles automatisch, und seine Gedanken drehten sich noch immer um dieses irre Erlebnis, das ihm die Frau beschert hatte, die sich als Hexe bezeichnete. Er fühlte sich wirklich wie verhext und merkte kaum, dass er den Bademantel über den nackten Körper streifte. Als er im Wohnzimmer stand, erinnerte er sich daran, dass Dorry um einen Drink gebeten hatte.

Wie lange die Flasche Champagner schon in seinem Kühlschrank stand, wusste er nicht. Jetzt war der richtige Zeitpunkt, sie zu köpfen. Als der Korken hervorschoss, stieg etwas Schaum aus der Öffnung, als wäre dies ein Synonym für das, was Dorry in ihm ausgelöst hatte. Er nahm auch zwei Gläser mit zurück in den Wohnraum und hatte sie kaum gefüllt, da wurde die Tür geöffnet und Doriana betrat das Zimmer.

Sie hatte sich ein Badetuch um die Hüften gewickelt.

„Champagner?“, fragte sie.

Er nickte. „Was passt besser zu diesem Augenblick?“

„Du sagst es.“

Er reichte ihr das Glas. Sie stießen an und tranken. Es tat beiden gut, als der prickelnde Rebensaft durch ihre Kehlen rann. Beide leerten die Gläser bis zum letzten Tropfen und stellten sie danach ab.

„Das habe ich gebraucht!“, flüsterte sie. „Ich habe auf mein neues Leben getrunken – oder besser gesagt, auf das unsere.“

„Ich wünsche dir alles Gute.“

„Und du? Wie geht es dir dabei?“

Mason lächelte. „Ich fange langsam an, mich daran zu gewöhnen.“

Sie nickte. „Das sollst du auch. Ich will es so, und ich kann manchmal sehr anhänglich und auch unersättlich sein. Ich habe viel nachzuholen, und du wirst mir dabei helfen, denn endlich bin ich in der Lage, mich wie ein Mensch zu fühlen. Das andere ist vorbei und vergessen. Ich will nun wieder leben.“

Das Badetuch fiel. Sie kam auf Mason zu, und Sekunden später lagen sie ineinander verschlungen auf der Couch.

Mason spürte, dass seine Erregung wieder anstieg. Seine Hand glitt zwischen Dorianas Schenkel.

„Ja“, keuchte sie, „komm endlich!“

Darauf hatte er gewartet. Doriana war jetzt die passive Person. In der Dusche war es umgekehrt gewesen.

Es war ein gegenseitiges Geben und Nehmen, und sie trieben in einem Taumel der Lust zum gleichzeitigen Höhepunkt.

Erneut vergaß Mason Raum und Zeit, und als er wieder in die Wirklichkeit zurückkehrte, da merkte er, dass sie ihn mit ihren Schenkeln umklammert hielt und er immer noch in ihr war.

Er hörte ihr Lachen. Es klang zufrieden, und sie sagte: „Ich habe noch immer Durst.“

Er lachte. „Du bist wirklich unersättlich.“ Er rollte von ihr herab und sorgte für Nachschub. Für einen kurzen Moment zuckte ein schwacher Gedanke an Frenchy durch seinen Kopf, aber er drängte ihn fast abrupt zurück.

Frenchy war tot.

Doriana aber war das pralle Leben …

Sie trug seinen Bademantel, saß in einem der beiden Sessel und schaute auf das Glas mit der perlenden Flüssigkeit. Dann sagte sie mit leiser Stimme: „Ich bin ins Leben zurückgekehrt. Was wir getan haben, war der letzte Schritt gewesen. Ich habe das gebraucht."

„Du wirst lachen, ich auch."

Sie schaute ihn an und hatte die dunklen Brauen in die Höhe gezogen. „Soll das heißen, dass wir jetzt so etwas wie ein unzertrennliches Paar sind?"

„Würde dir das gefallen?"

„Ja." Sie senkte den Blick. „Allein wäre ich weniger glücklich gewesen."

„Dann bist du also glücklich?"

„Sagen wir, ich bin zufrieden. Ich mag meine neue Existenz, denn ich habe festgestellt, dass ich sehr viel verpasst habe. Als Vampirin war für mich Sex nur ein Mittel, um an Opfer zu kommen. Gefühle hatte ich nie dabei."

„Dafür warst du sehr gut."

Sie bewegte die Zungenspitze über ihre Lippen hinweg. „Du warst es, der meine Lust wiedererweckt hat."

Mason wechselte das Thema. „Trotzdem sollten wir nicht vergessen, dass es noch andere Dinge in unser beider Leben gibt. Du bist eine Frau und eine Hexe. Aber man jagt dich, weil man glaubt, dass du noch eine Vampirin bist, und das macht mir Sorgen. Ich frage mich immer noch, wer dahintersteckt."

„Hast du irgendeinen Verdacht?"

„Nein, Dorry, nicht den leisesten. Aber ich gehe davon aus, dass es mit deiner Vergangenheit zusammenhängt."

Doriana dachte nach. „Ja, das ist gut möglich."

„Wie hieß der Maler noch?"

„Kincaid. Er war ein Vampir. Er hat mein Blut getrunken, aber das ist lange her."

Plötzlich sah sie es wieder deutlich vor sich, wie der maskierte Mann sie zu dem Gemälde geführt hatte, das sie mit Vampirzähnen zeigte. Erst dann hatte er seine Maske abgenommen, und sie hatte ihn als den berühmten Maler Kincaid erkannt, der selbst ein Vampir war. Er hatte ihr Blut aus Rache haben wollen, weil Mother Shipton ihn nie in ihrem Kreis hatte haben wollen. Er hatte ihr seine Hauer in den Hals getrieben und sie bis auf den letzten Tropfen Blut ausgesaugt und sie so zur Vampirin gemacht. Und Kincaid musste etwas ganz Besonderes gewesen sein, denn normalerweise war Hexenblut für Vampire ungenießbar.

„Und du meinst nicht, dass er noch leben könnte?" Masons Frage holte sie in die Wirklichkeit zurück.

„Kincaid? Ich habe keine Ahnung. Ich kann es wirklich nicht sagen. Ich hatte nie mehr Kontakt zu ihm. Aber warum sollte er mich jagen wollen? Er ist selbst ein Blutsauger und wahrscheinlich schon verfault. Nein, es muss eine andere Macht sein, die dahintersteckt. Es ist noch zu viel verschüttet, was meine Vergangenheit angeht. Da gibt es noch den Vorhang, der einen Teil der Erinnerungen aus meiner Hexenzeit verdeckt. Ich hoffe jedoch, dass er sich irgendwann öffnen wird und ich wieder klar sehen kann."

„Meinst du?"

„Es muss einfach geschehen", flüsterte sie, „etwas anderes kann ich mir nicht vorstellen. Ich bin jetzt wieder das, was ich mal war, eine Hexe. Aber ich will auch irgendwann erfahren, was in der Zeit dazwischen passiert ist, als ich mich vom Blut der Menschen ernährte. Jedenfalls fühle ich mich in meinem neuen Zustand besser."

Mason nickte. „Und es scheint unser Schicksal zu sein, dass wir uns begegnet sind."

Doriana streckte ihre Beine aus. „Ja, es muss Schicksal gewesen sein. Dadurch sind wir gezwungen, einen neuen Weg für unser weiteres Leben zu finden. Ich bin keine Person für die Öffentlichkeit, ganz im Gegensatz zu dir, denn du hast einen Beruf, und den kannst du nicht einfach hinwerfen."

„Das weiß ich."

„Und wie passe ich in dein Leben?"

Flint winkte ab. „Ich möchte keine Vorhersagen machen. Ich lasse alles auf mich zukommen und reagiere, wenn es so weit ist."

„Auch bei Frenchy?"

Er stimmte Doriana zu und sagte: „Sie ist dein letztes Opfer gewesen, und du hast es nicht mehr geschafft, sie zu vernichten wie die meisten deiner anderen Opfer."

„Ich werde dir dabei helfen, das Problem aus der Welt zu schaffen. Das ist ein Versprechen."

„Gut." Mason streckte ihr die Hand entgegen. „Behalte es in Erinnerung. Ich für meinen Teil glaube, dass es besser ist, wenn du dich erst mal zurückhältst. Alles andere wird sich ergeben. Wir dürfen auf keinen Fall auffällig werden."

„Das heißt, ich soll hier in der Wohnung bleiben?"

„Ja."

Sie schaute sich um. Dann lachte sie und schüttelte den Kopf.

„Ich bin wieder das, was ich mal früher war. Eine Frau und eine Hexe. Meine zweite Existenz als Vampirin habe ich zum Glück verloren, aber ich profitiere noch davon, Mason."

„Was willst du damit sagen?"

„Dass ich mich in der Gegenwart auskenne, weil ich die ganze Zeit existiert habe. Ich weiß, was ein Computer ist. Ich kenne eine Hi-Fi-Anlage. Wäre ich als Hexe gestorben und dann wiedergeboren worden, nur verbunden mit dem, was mir aus meiner Zeit bekannt war, hätte ich mich in einer modernen Welt nicht zurechtgefunden. So aber muss ich dankbar sein, dass ich die Zeit erlebt habe."

„So kann man es auch sehen."

„Ich sehe es so." Sie wechselte das Thema. „Hast du noch etwas zu trinken?"

„Ein Rest ist noch da."

„Den sollten wir nicht umkommen lassen."

Bis zu einem Drittel konnten die Gläser nur noch gefüllt werden. Beide stießen noch mal auf ihr neues Leben an, und als sie den Champagner getrunken hatten, fragte Doriana: „Hast du auch ein Schlafzimmer mit einem großen Bett?"

„Sicher."

„Dann lass uns hingehen."

„Willst du schlafen?"

Sie lächelte. „Ich weiß nicht, ob ich schlafen kann. Wir können es ja mal probieren."

„Genau das denke ich auch ..."

5

Mit drei Tassen Kaffee hatte Mason Flint versucht, die Müdigkeit aus seinem Körper zu verscheuchen. So richtig war ihm das nicht gelungen, aber er hatte keine andere Wahl, er musste zur Arbeit erscheinen. Auf der Fahrt zum Büro hatte er sich schon frischer gefühlt.

Doriana hatte versprochen, bei ihm zu Hause zu bleiben. Er hoffte, dass sie ihr Versprechen auch einhielt. Für Notfälle hatte sie sich seine Handynummer und die des Büros notiert.

Als er den Jaguar aus der Tiefgarage lenkte, war Mason wieder der Polizist und Sonderermittler in einem Fall, den es so in London bisher noch nicht gegeben hatte.

Er dachte darüber nach, ob er seinen Vorgesetzten, Chief Superintendent Martin Curtis, darüber informieren sollte, dass es die größte Gefahr, die von der Vampirin Doriana Gray ausgegangen war, nicht mehr gab.

Mason entschied sich dafür, es nicht sofort zu tun, sondern noch zu warten, bis es ihm gelungen war, Frenchy Davies zu stellen.

Er fragte sich, ob Frenchy sich bereits ein Opfer geholt hatte. Von Doriana, mit der er in der Nacht noch darüber gesprochen hatte, wusste er, dass die Wahrscheinlichkeit hoch war. Die Gier nach Menschenblut war gerade bei jungfräulichen Vampiren besonders groß.

Mason war froh, dass es ein sonniger Tag war, denn bei Tageslicht war es für die Blutsauger unmöglich, sich frei zu bewegen. Da mussten sie in ihren dunklen Verstecken bleiben.

London war wieder mal dicht. Sein Büro bei der Metropolitan Police erreichte er mit einer Verspätung von einer halben Stunde, was nicht weiter auffiel.

Er hatte die Bürotür kaum hinter sich geschlossen, als er vor dem Bildschirm Platz nahm und als Erstes die E-Mails der vergangenen Nacht abrief. Was in dieser Zeit an Verbrechen passiert war, landete auch bei ihm, und London war eine Stadt, in der es nie Ruhe gab. Da passierte immer etwas. Besonders dann, wenn der Nebel wie ein Vorhang über der Metropole lag.

Es hatte sich auch einiges getan. Raubüberfälle, zwei Schießereien, Jagd auf Junkies, man konnte das gesamte Programm durchspielen und fand immer etwas.

Ein Verbrechen fiel ihm besonders auf. Es war der Mord an einer Prostituierten. Die Leiche war in der Nähe des Wohnmobils gefunden worden, in dem die Frau ihrem Job nachgegangen war. Man hatte ihr die Kehle durchgeschnitten. Es war ein brutaler Mord gewesen, der Mason an die Taten eines Jack the Ripper erinnerte.

Er dachte nach. Und zwar nur über diesen einen

Fall. Die anderen interessierten ihn nicht. Er biss sich regelrecht daran fest, und eine innere Stimme sagte ihm, dass es eine Spur zu Frenchy war.

Der Entschluss war schnell gefasst. Mason kannte die Regeln. In der vergangenen Nacht waren zahlreiche Verbrechen geschehen. Die Kollegen konnten nicht gleichzeitig überall sein. Sie mussten nach Wichtigkeit der Fälle entscheiden, und so war es durchaus möglich, dass sich die Spurensicherung noch nicht um den Fall der toten Prostituierten hatte kümmern können.

Wenn das zutraf, würde er sich den Tatort als Erster anschauen können, doch zuvor musste er wissen, wer von seinen Kollegen daran arbeitete.

Das herauszufinden war einfach. Es würde ihn einen Anruf bei seinem Vorgesetzten kosten. Zu ihm selbst hingehen wollte er nicht. So konnte er irgendwelchen Fragen besser entgehen.

Curtis hob ab, und seine Stimme klang genervt. Er hatte auf dem Display gesehen, wer etwas von ihm wollte.

„Hallo, Mason."

„Einen schönen guten Morgen, Chief."

„Ich wäre froh, wenn er das wäre."

„Was ist los?", fragte Mason.

Curtis lachte. „Was los ist? Schauen Sie aus dem Fenster. Vor uns liegt ein klarer Tag, aber die Nacht war der reine Horror. Dieser verdammte Nebel hat London verrückt gemacht. Wissen Sie, was in der Dunkelheit alles passiert ist?“

„Ich habe die Mails gelesen.“

„Dann wissen Sie ja Bescheid. Da war der Teufel mal wieder unterwegs und hat das Tor zur Hölle geöffnet. Es gab einige Leichen, unter anderem einen Mann namens Oliver. Die Leiche lag nahe der Themse. Ein anonymer Anrufer brachte uns auf die Spur.“

„Ja, habe ich gelesen. Aber darum rufe ich Sie nicht an. Es geht um das Verbrechen an dieser Prostituierten ...“

„Die Sache am Wohnmobil?“

„Ja. Ist schon jemand dort?“

Curtis lachte glucksend. „Bisher noch nicht, Mason. Wir mussten Prioritäten setzen. Wir haben die Umgebung um das Wohnmobil absperren lassen und dort einen Mann postiert, der auf die Spurensicherung wartet und auf die Mordkommission.“

„Und wer leitet sie?“

„Horseman.“

„Ach je.“

„Ich weiß, dass er nicht eben Ihr Freund ist, aber unser Personal ist begrenzt.“

„Gut. Dann mache ich Ihnen einen Vorschlag. Wie wäre es, wenn ich mich dort mal umsehe?“

Curtis schwieg.

„Haben Sie mich verstanden?"

„Ja, schon", klang es etwas unwillig zurück, „aber Sie waren auf die Vampirfälle angesetzt und …"

„Da ist es im Moment ruhig."

„Und jetzt suchen Sie Arbeit, wie?"

„So ähnlich."

Curtis lachte. „Das ist neu für mich. Und ich kenne Sie, Mason. Sie tun das nicht, weil Sie Langeweile haben."

„Bestimmt nicht."

„Was ist der wahre Grund?"

„Ich kann es Ihnen nicht sagen, Martin, ich gehe einfach meiner Nase nach. Es könnte sein, dass es für dieses so sinnlos erscheinende Verbrechen doch ein Motiv gibt, das mit dem zusammenhängt, an dem ich arbeite."

Curtis dachte nach und gab dabei Geräusche von sich, die an ein Brummen erinnerten.

„Wissen Sie mehr?", fragte er nach einer Weile.

„Nein. Ich habe höchstens eine Ahnung."

„Okay, dann ziehen Sie los. Wo Sie den Tatort finden, können Sie in der E-Mail lesen."

„Ich weiß."

Curtis legte noch vor Mason auf, der sich nach dem Anruf sehr zufrieden zeigte. Hätte sein Vorgesetzter mehr Zeit gehabt, er hätte sicherlich nachgebohrt, so aber war Mason zufrieden, dass man ihn in Ruhe gelassen hatte.

Er schaute sich die Mail noch mal an. Es stand tatsächlich eine genaue Ortsbeschreibung dort. In den vergangenen Monaten hatten es sich die Damen des horizontalen Gewerbes zur Angewohnheit gemacht, Kunden in Wohnmobilen zu bedienen. Man hatte ihnen bestimmte Standorte zugewiesen, nach denen sich allerdings nicht alle richteten. Es gab immer wieder Frauen, die parkten, wo sie wollten. Zumeist sehr einsam und ohne den Schutz der in der Nähe stehenden Kolleginnen. Da konnte es leicht geschehen, dass sie Opfer irgendwelcher Psychopathen wurden.

So auch in diesem Fall.

Oder doch nicht?

Flint dachte hin und her, während er schon aufstand. Er spürte die innere Unruhe in sich, die ihm sagte, dass er so schnell wie möglich zum Tatort fahren musste.

Wenige Minuten später saß er bereits in seinem Jaguar.

Der Kollege, der dort Wache hielt und vor einem Absperrband stand, kannte Mason.

„Sie, Mr. Flint? Ich dachte, es wäre Sergeant Horsemans Fall."

„Der kommt noch. Ich möchte mir die Tote schon mal ansehen."

„Ich heiße Burton, Mike Burton." Der noch junge Mann reichte Flint die Hand. „Sie werden es kaum glauben, wenn Sie sich das ansehen. Es ist einfach grauenvoll. Wer das getan hat, der muss ein Tier sein, kann ich Ihnen sagen."

„Liegt die Tote noch an ihrem Platz?"

„Ja, es ist alles so geblieben."

„Wer hat sie entdeckt?"

„Eine Streife. Den Kollegen fiel auf, dass das Wohnmobil an einer Stelle stand, wo es eigentlich nicht parken darf. Es sind gewisse Gebiete zugewiesen worden." Er winkte ab. „Aber das kennen Sie ja."

„Und die Tote lag im Gebüsch?"

„Ja."

„Ist auch die Tür des Wohnmobils geöffnet worden?"

„Ja. Aber das Fahrzeug war leer."

„Sicher?"

Burton hob die Schultern.

„Okay, dann sehe ich mir die Leiche mal an."

„Wie Sie wollen."

Die tote Frau lag zwar zwischen den Büschen, aber sie war trotzdem gut zu entdecken gewesen, denn einen Arm hatte sie zur Seite hin ausgestreckt, und der ragte mit der leicht gekrümmten Hand unter den Zweigen hervor.

Mason sah auch das Blut. Es war gespritzt und hatte sich überallhin verteilt. Blutleer war die Tote demnach nicht. Also war sie auch nicht von einem Vampir ausgesaugt worden.

Burton war Flint behilflich und drückte einige Zweige so zur Seite, dass sein Blick auf den gesamten Körper fiel und er erst jetzt das grauenvolle Bild sah, das ihm präsentiert wurde.

Diese Person war durch einen Kehlkopfschnitt gestorben. Der Mörder hatte das Messer tief angesetzt. Die Haut an der Kehle klaffte auf wie zwei zur Seite hängende Lappen.

Das Gesicht war ebenfalls nicht verschont geblieben. Zahlreiche Blutspritzer verteilten sich dort und hatten ein makabres Muster hinterlassen.

„Das war ein Tier, Mr. Flint, ich sage es Ihnen. Ein reißendes Tier und kein Mensch mehr."

„Scheint so zu sein."

Mason trat wieder zurück, und Burton ließ die Zweige los. Flints Blicke glitten durch die Umgebung. Er dachte nach und fragte sich, ob er nicht den falschen Weg eingeschlagen hatte. Bei dieser Toten wies nichts auf einen Vampirbiss hin. Aber warum lag die Tote hier in den Büschen und nicht in ihrem Wohnwagen? Es war doch eigentlich unsinnig. Es sei denn, man hatte die Frau außerhalb des Fahrzeugs getötet und sie dann einfach liegen gelassen.

Welchen Grund hätte es dafür geben sollen? Im Wagen wäre der Killer sicherer gewesen. Oder er hatte die Frau im Wagen getötet und sie dann hier draußen abgelegt. Wenn das zutraf, würden sich im Fahrzeug Blutspuren finden lassen.

Er blickte zum Wohnmobil und sah, dass die Vorhänge zugezogen waren.

Flint wandte sich wieder an den Kollegen in seiner dunklen Uniform. „Ist das Fahrzeug richtig durchsucht worden?"

Burton schüttelte den Kopf. „Ich glaube nicht. Soviel ich weiß, haben die Kollegen nur einen Blick hineingeworfen. Sie wollten keine Spuren verwischen. Wann kommt denn die Mannschaft?"

Flint winkte ab. „Vorerst noch nicht. Ich werde mir zunächst mal ein Bild machen."

„Dann wollen Sie rein?"

„Ja."

„Soll ich …"

Flint wusste, was der Mann sagen wollte. „Nein, nein, Sie bleiben hier draußen."

„Okay."

Es waren nur ein paar Schritte, die Mason gehen

musste, um die Seitentür zu erreichen. Er hätte auch durch das Fahrerhaus den Wagen betreten können. Darauf verzichtete er, denn beim Näherkommen hatte er die dunklen Flecken auf dem Boden gesehen und festgestellt, dass es sich um Blut handelte.

Er legte ein Taschentuch um den Griff der Tür, weil er keine Fingerabdrücke verwischen wollte. Dabei hoffte er, dass die Kollegen ähnlich gehandelt hatten.

Die Tür ließ sich leicht öffnen.

Mason holte noch mal tief Luft und betrat das Fahrzeug …

6

Frenchy Davies zuckte zusammen, als sie das scheppernde Geräusch hörte, und fragte sich sofort, ob dieser Hinterhof das richtige Versteck für sie war.

Das Scheppern war keine Einbildung gewesen. Und es hatte auch nicht am Wind gelegen, denn der war so gut wie eingeschlafen und konnte in diesem abgeschirmten Geviert nichts bewegen.

Sie hatte die Stunden der Nacht gut verbracht. Vor allen Dingen satt. Das Blut, ihre neue Nahrung, hatte ihr wirklich gutgetan, sie fühlte sich euphorisch.

Ihre Gedanken waren durchaus mit denen eines normalen Menschen zu vergleichen. Da hatte sich nichts verändert. Nur würde sie eben keine normale und menschliche Nahrung mehr zu sich nehmen, sondern nur noch Blut trinken.

Jedes Mal, wenn sie daran dachte, musste sie schlucken. Aber es war ein trockenes Schlucken, denn es lag schon eine Weile zurück, dass ihr Mund mit dem Lebenssaft eines Menschen gefüllt war.

Sie musste auch darüber nachdenken, wo sie die nächste Zeit verbringen wollte. Zumindest aber den nächsten Tag, denn Sonne und Helligkeit waren nichts für sie.

Wieder hörte sie das Scheppern.

Ihr Körper spannte sich. Sie hatte sich ein Versteck in einer Nische gesucht. Früher hatte es hier mal eine schmale Einfahrt gegeben. Jetzt war sie zugemauert worden und nicht mehr als eine breite Nische, die zum Teil mit Abfall gefüllt war.

Als sie das Scheppern zum dritten Mal wahrnahm, folgte ihm der Klang einer Männerstimme.

„Verdammt noch mal, hier ist wieder nichts. Scheiße, die Leute schmeißen nichts mehr weg."

Erneut schepperte etwas, und jetzt wusste Frenchy, dass es Mülltonnendeckel waren, die angehoben und wieder zugeschlagen wurden.

Als Nächstes sah sie den Lichtschein einer Taschenlampe, der als heller Fleck über den rissigen Boden wanderte und in ihre Richtung geschwenkt wurde. Sofort nahm sie eine gespannte Haltung an. Sie wusste nicht, wie der Mensch reagieren würde, wenn er sie entdeckte. Dass er sie entdecken würde, stand fest. Es sei denn, er änderte seine Richtung und drehte ab.

Das sah nicht so aus, denn der Schein wanderte weiter auf sie zu. Die Mülltonnen schien der Mann hinter sich gelassen zu haben, zumindest war das Scheppern nicht mehr zu hören. Der Sucher hatte eine Pause eingelegt, aber seine Lampe brannte noch. Und Frenchy hörte, wie er wieder mit sich selbst sprach und sein Schicksal verfluchte.

Dann ging er weiter.

Und mit ihm wanderte der Schein, der jetzt nicht mehr den Boden berührte, sondern in Hüfthöhe über die Hauswand glitt. Von rechts her näherte er sich der Nische.

Für Frenchy stand fest, dass sie einer Entdeckung nicht entgehen konnte. Nur noch Sekunden, dann hatte der Schein die Öffnung der Nische erreicht. Sie stellte sich schon jetzt auf die neue Situation ein.

Es war ein Mensch, und in dessen Adern floss Blut. Zwar war sie in dieser Nacht schon satt geworden, doch wenn ihr ein Opfer praktisch in die Finger lief, dann würde sie die Gelegenheit nutzen und sich noch einmal sättigen.

Sie konnte sich vorstellen, wie der Mann aussah. Er war bestimmt älter und gehörte zu den Pennern, die von dem lebten, was die Wohlstandsgesellschaft wegwarf.

Er war so nahe, dass sie seine schlurfenden Schritte hörte und sein Gebrabbel, von dem sie allerdings nichts verstand. Sie konzentrierte sich auf das Licht und sah hinter der Quelle bereits die Umrisse der Gestalt.

Klein, gebückt und unansehnlich. Als Vampirin

machte ihr die Dunkelheit nichts aus. Sie konnte sehen wie eine Katze und entdeckte sogar das Bartgestrüpp im Gesicht.

Der Lichtstrahl wanderte wieder, leuchtete in die Nische hinein und traf sie.

Frenchy war darauf vorbereitet gewesen, der Mann mit der Lampe nicht. Er stieß einen erschreckten Laut aus und ließ den Sack, den er in der linken Hand hielt, fallen. Die Hand mit der Lampe fing an zu zittern. Aus seinem Mund drangen zischende Geräusche, und es dauerte etwas, bis er sich gefangen hatte und einige Worte sagen konnte, was nicht viel mehr als ein Gestammel wurde.

„He, wer bist du denn?“

„Komm her“, lockte Frenchy mit einer Stimme, die einem Mann viel versprach.

Er kam nicht und sagte: „Ich habe dich hier noch nie gesehen. Du … du … gehörst auch nicht zu uns.“

„Warum nicht?“

„Das sehe ich dir an. Aber was machst du hier?“

„Vielleicht habe ich auf dich gewartet?“

Der Penner lachte. „Auf mich wartet schon lange keiner mehr.“

„Umso besser.“

„Wieso?“

„Komm her. Los, wir machen es uns gemütlich.“

Der helle Lichtarm leuchtete Frenchy von oben nach unten an.

„Hör auf mit deinem Scheiß, das zieht bei mir nicht. Sag mir lieber, was du hier suchst."

„Vielleicht dich?"

„Fick dich", lautete die Antwort, bevor der Mann sich zur Seite drehte. Es sah aus, als wollte er vom Hinterhof verschwinden, und das wollte die Blutsaugerin verhindern. Er war recht nahe an sie herangekommen, und sie hatte sein Blut gerochen. Es war so herrlich frisch, so warm floss es durch seine Adern. Das musste sie einfach trinken. Sie konnte ihn nicht mehr laufen lassen.

Er drehte sich um. Der Lichtstrahl fand einen anderen Weg, und Frenchy blieb im Dunkel der Nische zurück.

Nicht mehr lange. Der Mann hatte ihr kaum den Rücken zugedreht, als sie aus ihrem Versteck glitt. Sie sprang den Mann an. Sie krallte sich an seinem Rücken fest, sie hörte den überraschten Schrei, der sie nicht weiter störte.

Sie riss ihr Opfer so heftig herum, dass es auf dem Boden und halb auf dem Sack landete.

So war es richtig.

Frenchy ließ sich fallen. Sie wusste, was jetzt zu tun war, und sie wollte dafür sorgen, dass sich der Mann nicht wehren konnte. Mit ihrem Körpergewicht presste sie ihn auf den Boden. Sie hockte auf seiner Brust, und ihre Knie drückten so hart dagegen, dass der Mann keine Luft mehr bekam.

Die letzte stieß er noch zischend aus, dann weiteten sich seine Augen, als er in das Gesicht starrte, das über ihm schwebte. Es war für ihn nicht zu fassen. Die Vampirin hatte sich bissbereit gemacht und ihren Mund weit geöffnet.

Der Schein der auf dem Boden liegenden Lampe reichte aus, um etwas erkennen zu können. Und so sah der Mann nicht nur den offenen Mund, sondern auch die beiden spitzen Zähne, die aus dem Oberkiefer ragten.

Frenchy Davies packte seinen Kopf, drehte ihn nach rechts, sodass die Sehnen knackten und die linke Halsseite frei lag.

Dann biss sie zu!

Es klappte, als hätte sie in ihrem Dasein nie etwas anderes getan. Die Spitzen der Zähne waren wie zwei Nägel, die in die Halshaut getrieben wurden.

Der Mann unter ihr zuckte. Er hatte seinen Mund weit aufgerissen, um nach Luft zu schnappen.

Frenchy presste ihren Mund hart gegen den Hals, damit ihr kein Tropfen Blut entging.

Es war für sie ein Genuss, endlich wieder trinken

zu können. Sie hätte ihr Opfer auch zerreißen können, aber sie hatte bewusst diesen konservativen Weg gewählt und verspürte eine immer stärker werdende Zufriedenheit, als der warme Lebenssaft in ihre Kehle spritzte.

Frenchy trank, schlürfte und schluckte. Dabei spürte sie, dass der Widerstand ihres Opfers immer mehr erlahmte. Ein paar Zuckungen noch, dann lag der Mann still.

Frenchy hob den Kopf an. Blut klebte an den Rändern der beiden Bisswunden. Sie leckte die Reste ab.

Satt war sie, sehr satt – und auch stark. Ihretwegen hätte die Dunkelheit unendlich andauern können, aber das würde sie nicht. Bis zum Anbruch des Tages würde nicht mehr viel Zeit verstreichen. Bis dahin musste sie ein neues Versteck gefunden haben.

Aber wo?

Sie dachte scharf nach. Ihr schwebte auch etwas Bestimmtes vor. Nur konnte sie es noch nicht konkretisieren. Dafür fiel ihr etwas anderes ein, als sie auf den leblosen Körper schaute. Zuerst nahm sie die Lampe an sich, dann dachte sie daran, dass der Mann durch ihren Biss den Vampirkeim in sich trug. Er würde, wenn er erwachte, den gleichen Weg gehen wie sie. Er brauchte Blut, er würde es sich holen und somit für eine Kette von Vampiren sorgen, die sich in London herumtrieben.

War es wirklich das, was sie wollte?

Nein, das wollte sie nicht. Es würde zu viel Aufsehen erregen. Es war besser, wenn sie einen anderen Weg ging, den schon jemand vor ihr gegangen war.

Beißen, trinken, töten.

Man würde erneut blutleere Leichen finden und damit auch Mason Flint wieder vor ein Rätsel stellen.

Schon einmal hatte sie jemanden umgebracht, der Zeuge ihrer Tat geworden war. Es war eine Frau gewesen. Hier lag ein Mann vor ihr, und der würde das gleiche Schicksal erleiden.

Jetzt war sie froh, das Messer mit der beidseitig geschliffenen Klinge eingesteckt zu haben. Zu üben brauchte sie nicht mehr, das hatte sie bereits hinter sich.

Sie zog die Waffe hervor. Keiner beobachtete die Vampirin, als diese sich bückte, die Klinge an der richtigen Stelle ansetzte, und nur einen Schnitt brauchte, um den Mann endgültig zu töten.

Aber sie machte weiter, denn sie wollte sicher sein. Sie schnitt ihm den Kopf ab und stellte ihn auf den Deckel einer Mülltonne.

Danach verschwand sie wie ein Phantom in der Nacht …

Den abgeschnittenen Kopf hatte Frenchy Davies vergessen. Das getrunkene Blut pulsierte in ihren Adern, schien sogar heiß zu sein und zu dampfen.

Es hatte ihr so köstlich geschmeckt. Nach nichts anderem sehnte sie sich, aber es hatte auch ihr Denken geschärft. Zumindest kam es Frenchy so vor, denn so kräftig sie sich auch fühlte, diese Kraft würde nachlassen oder sogar völlig verschwinden, wenn die Sonne aufging.

Bis dahin musste sie ein Versteck gefunden haben.

Frenchy kannte sich in der Stadt aus. Sie hätte sich in einen Keller zurückziehen können oder ein finsteres leer stehendes Gebäude, aber irgendwie schreckte sie davor zurück. Noch war es dunkel, und noch hatte sie Zeit zum Nachdenken.

Wohin?

Sie hatte sich einen der kleinen Parks ausgesucht und eine zwischen Büschen stehende Bank gefunden, auf die sie sich gesetzt hatte. Die Ruhe, die sie umgab, tat ihr gut. So konnte sie nachdenken und wurde von keinem Menschen gestört.

Viel schwirrte ihr durch den Kopf und es kristallisierte sich auch etwas heraus.

Zwei Namen waren es.

Mason Flint und Doriana Gray!

Beide sah sie als ihr Schicksal an, und sie wollte keinen von ihnen missen. Aber sie wollte es auf ihre Weise durchziehen. Als Vampirin ernährte sie sich von menschlichem Blut. Es garantierte ihr die weitere Existenz, und sie dachte sofort daran, dass auch in Mason Flints Adern warmes, köstliches Blut floss.

Der Gedanke ließ ihre Augen leuchten. Sein Blut zu trinken wäre das Höchste, und danach würden sie wieder vereint sein.

Frenchy erlebte diesen Gedanken so intensiv, dass ein Stöhnen aus ihrem Mund drang. Mit beiden Handflächen strich sie über ihre Oberschenkel. Die Zukunft sah für sie fantastisch aus.

Ein fremdes Geräusch schreckte sie auf. Frenchy rechnete damit, dass ein einsamer Spaziergänger auf sie zukommen würde, aber es war nur ein Tier, das sich leise heranschlich.

Recht groß, mit in der Dunkelheit glänzenden Augen und einem buschigen Schwanz. Das Tier blieb plötzlich stehen und starrte sie von der Seite her an.

Frenchy drehte den Kopf nach links.

Ein Fuchs hatte angehalten. Er zitterte, aber er ging nicht weiter. Er musste spüren, dass hier jemand saß, der anders war als die normalen Menschen.

Sekundenlang bewegte er sich nicht vom Fleck, dann machte er abrupt kehrt und sauste davon, als wäre er von Peitschenschlägen getroffen worden.

Es gefiel Frenchy, und sie unterdrückte das Lachen nicht, das so etwas wie Triumph ausdrückte. Selbst die

Tiere spürten, dass sie anders war, und hatten vor ihr Respekt.

Die Flucht des Fuchses spornte sie wieder an. Sie gab ihr Mut, und sie musste nicht mehr lange nachdenken. Jetzt wusste sie, wo sie die Stunden des Tages verbringen würde.

Mason Flint wohnte in einem Haus, zu dem eine Tiefgarage gehörte. Sie kannte sich da unten aus, und sie wusste, dass es dort genügend Verstecke gab. Kleine Räume oder Kammern, in die nur selten ein Mensch kam.

Besser konnte es nicht laufen.

Frenchy Davies erhob sich von der Parkbank. Den Weg dorthin würde sie noch vor Sonnenaufgang schaffen …

7

Mason Flint hatte die Tür des Wohnmobils kaum aufgezogen, da wusste er schon, dass etwas nicht stimmte. Das Innere des Wohnwagens sah nur auf den ersten Blick normal aus, doch auf dem Boden befanden sich an einigen Stellen dunkle Flecken. Das konnte alles Mögliche bedeuten, aber Mason ging davon aus, dass es sich um Blut handelte. Hinzu kam der schlechte Geruch der stehenden Luft.

Flint betrat den Wagen. Dabei zog er den Kopf ein, um nicht gegen die Decke zu stoßen.

Das Innere des Wohnmobils war eine Welt für sich. Und auch eine besondere, wie Flint erkannte. Hier hatte jemand Männer empfangen, um ihnen Vergnügen zu bereiten, wenn sie entsprechend dafür zahlten. Das Bett war groß. Es gab auch einige Spielsachen, auf die Männer mit bestimmten Vorlieben standen.

Das war alles nicht tragisch und konnte akzeptiert werden, wenn das Blut nicht gewesen wäre. Von wem stammte es? Von der Toten, die draußen gefunden worden war?

Hier sah es zudem aus, als hätte ein Kampf stattgefunden. Einige Dinge lagen am Boden. Dazu zählten ein Hocker, zwei Vasen und eine offene Schachtel, aus der weiche Tücher quollen.

Je länger sich Flint umschaute, umso misstrauischer wurde er. Und als er das leise Geräusch vernahm, war er sicher, dass er nicht der Einzige war, der sich im Wohnmobil aufhielt.

Hinter dem Lenkrad saß niemand, aber das Geräusch hatte er sich nicht eingebildet.

Er stand in der Mitte des Fahrzeugs und drehte sich auf der Stelle. Seine Sinne waren angespannt, er spürte das Kribbeln auf seinem Rücken.

Er drehte sich um. Die Luft atmete er nur durch die Nase ein. Seine Augen verengten sich etwas, als er den Blick auf die schmale Tür richtete, die sich im hinteren Teil des Wagens befand. Sie war geschlossen. Hinter ihr konnte sich eine Nasszelle befinden.

Mason Flint wartete darauf, dass sich das fremde Geräusch wiederholte. Die Zeit tropfte dahin und nichts passierte.

Zu lange wollte er nicht warten.

Es waren nur wenige Schritte, die er zurücklegen musste. Er war wachsam wie selten. Sein Gefühl sagte ihm, dass er eine Überraschung erleben würde. Deshalb ging er auf Nummer sicher und zog die 9-mm-Glock.

Vor der Tür wartete er noch einen Moment, wobei seine linke Hand auf der Klinke lag. Noch mal Luft holen, darauf hoffen, dass die Tür nicht verschlossen war, dann …

Er zerrte sie entschlossen auf.

Der erste Blick in die Nasszelle!

Auf der Toilette hockte ein Mann. Er saß vorn auf der Brille und hatte eine steife Haltung eingenommen. Er schaute starr nach vorn, aber das war es nicht, was Mason Flint störte. Auch nicht die Blässe der Haut. Selbst der weit geöffnete Mund war ihm egal. Nicht aber die beiden unnatürlich spitzen Zähne, die aus dem Oberkiefer ragten und ihm zeigten, mit wem er es zu tun hatte …

Mason Flint war im ersten Moment nicht fähig, sich zu bewegen.

Mit allem hatte er gerechnet, aber nicht, dass er es mit einem Vampir zu tun bekommen würde.

Den Mann kannte er nicht. Er war nicht mehr jung. Seine Haut war blass und grau. Aus dem offen stehenden Mund drang nicht das leiseste Atemgeräusch.

Mason Flint wurde aus verdrehten Augen angeschaut, die blutunterlaufen waren, und da der Hals frei lag, waren auch die beiden verkrusteten Bissstellen an der linken Seite zu sehen.

Mason hielt zwar seine Glock in der Hand, aber die Mündung wies zu Boden. Wie von selbst war sein Arm nach unten gesunken.

Der Vampir zuckte zusammen. Dann schüttelte er

den Kopf, als wollte er eine Lähmung loswerden.

Mason überwand seine Überraschung eher als der Vampir.

„Wer sind Sie?“

Er hatte sich vorgenommen, mit dem Wiedergänger zu sprechen wie mit einem normalen Menschen.

Tatsächlich reagierte die Gestalt und hob ihren Kopf an. Sie bewegte sogar den Mund, und Flint lauerte auf eine Antwort. Er erhielt sie. Nur nicht so, wie er sie sich vorgestellt hatte.

Aus dem Mund des Vampirs drang ein Geräusch, das sich wie ein Röcheln anhörte. Flint wusste, dass die Blutsauger in der Lage waren, zu reden wie ein normaler Mensch, und so wiederholte er seine Frage.

Der Veränderte sagte nichts.

Mason hob die Waffe wieder an. Er hoffte, dass diese Drohung ausreichen würde.

Zwei Augen glotzten in die Mündung. Dann verließ ein gefährlich klingendes Knurren die Kehle, das noch nicht verklungen war, als der Vampir bereits angriff.

Es ging alles sehr schnell. Er schnellte hoch und warf sich zugleich nach vorn.

Automatisch wich Mason Flint zurück und tat das, was er sich vorgenommen hatte.

Er schoss!

Auf diese Entfernung konnte er nicht vorbeischießen, und die Kugel bohrte sich in den Körper des Blutsaugers, dessen Angriffsschwung gestoppt wurde. Durch den Kugeleinschlag geriet er nicht nur ins Stocken, er kippte wieder nach hinten und fiel mit einer zuckenden Bewegung zurück auf die Toilette, deren Brille unter seinem Gewicht knirschte.

Mason stand an der Wand des Fahrzeugs und atmete aus.

Der Mann war zur Seite gesunken. In der linken Brustseite, dicht über dem Herzen, hatte die Kugel getroffen. Dort zeichnete sich das Einschussloch ab.

Flint behielt die Ruhe. Nur war er nicht beruhigt, denn sein Gegner war kein normaler Mensch.

Das wurde ihm in den nächsten Sekunden bestätigt. Der Körper des Vampirs zuckte, als er sich wieder so aufrichtete, dass er eine normale Sitzhaltung einnehmen konnte.

Und damit hatte er den Beweis angetreten, dass er kein normaler Mensch war, den man mit einem Bleigeschoss töten konnte.

Der zweite Angriff!

Diesmal schoss Mason nicht.

Er musste den Aufprall seines Gegners wegstecken. Die Wand hinter ihm zitterte nach, und dann griff der Blutsauger zu.

Mason wurde an den Hüften gepackt und nach links

gedreht, zudem noch leicht angehoben, sodass er mit dem Kopf gegen die Decke stieß.

Der Vampir warf ihn einfach weg.

Flint hatte den Eindruck zu fliegen. Er segelte durch die halbe Länge des Wagens und hatte Glück, nicht zu Boden zu fallen, sondern auf dem Bett zu landen.

Er federte nach und benötigte einige Sekunden, um sich auf die neue Lage einzustellen.

Es war klar, dass der Blutsauger nicht aufgeben würde. Als normaler Mensch wäre er als Gegner für Mason Flint lächerlich gewesen. Das traf hier nicht zu, denn die Blutsauger besaßen leider Kräfte, die weit über die eines Menschen hinausgingen.

Der Veränderte hatte das Bett erreicht und ließ sich einfach fallen. Die Arme nach vorn gestreckt, die Hände zu Krallen geformt, um sein Opfer zu greifen.

Flint war schneller. Er gab seinem Körper den nötigen Schwung und rollte nach links. Sein Gegner landete dort, wo er soeben noch gelegen hatte.

Flint hörte einen wütenden Laut und rollte über den Bettrand hinweg, weil er zu viel Schwung hatte.

Sofort kam Mason wieder hoch. Mit dem Rücken stieß er gegen die Wand und hörte das Klirren hinter sich. Er war für einen Moment lang überrascht, bis er den Kopf zur Seite drehte und eine Kette sah, die für diverse Spielchen benutzt wurde.

Mit seiner Glock würde er sich nicht verteidigen können, doch er brauchte eine Waffe. Da kam ihm die Kette gerade recht. Er musste nur einmal zugreifen, um sie vom Haken zu ziehen, und er setzte sie sofort ein, denn sein Gegner startete bereits einen neuen Angriff.

Mason schleuderte ihm die Kette entgegen. Sie traf den Vampir ins Gesicht.

Flint hörte ein Knacken, als die Nase des Angreifers brach, was diesem jedoch nichts ausmachte. Vampire waren keine Menschen. Normale Schmerzen gab es für sie nicht.

Der nächste Kettenschlag erwischte den Hals, wickelte sich aber nicht um ihn herum, wie es sich Flint gewünscht hätte. Sie prallte wieder ab, rutschte nach unten, und genau darauf hatte der Blutsauger gewartet. Er griff zu, wickelte einen Teil der Kette um seine Hand und zerrte daran.

Auch Mason ließ nicht los. Er lief zwangsläufig auf seinen Gegner zu. Genau das hatte der Vampir gewollt. Sein Maul stand weit offen, und Mason wusste, was ihm blühte.

Gerade noch zum richtigen Zeitpunkt riss er den rechten Arm hoch, winkelte ihn an und rammte den Ellbogen mitten in das Gesicht mit den spitzen Zähnen.

Andere hätten geschrien, nicht so der Blutsauger. Er wankte zurück, wobei er noch immer die Kette festhielt, die Mason jetzt losließ, sodass er seine Bewegungsfreiheit zurückgewann.

Der Blutsauger krachte mit dem Rücken gegen die Tür, die durch den Aufprall erzitterte.

Heulend schrie er auf, als er sich zur Seite wegduckte. Die Kette hielt er jetzt fest. Er hatte sich leicht gebückt und holte zu einem heftigen Schlag aus.

Mason schnappte sich den Hocker. Bevor der andere zudreschen konnte, schlug er ihm das Möbelstück um die Ohren. Der Schlag war mit aller Wucht geführt worden. Für einen Moment sah es aus, als würde der Kopf abfallen, aber er blieb dran und die Gestalt stolperte mit unsicheren Schritten in Richtung Fahrerbereich.

Mason Flint wusste genau, dass er bei einem langen Kampf der Unterlegene sein würde. Er hatte nicht die richtigen Waffen zur Hand, um die Gestalt endgültig zu vernichten.

Wie kann ich den Kampf gewinnen?, schoss es ihm durch den Kopf.

Der Stress verlieh seinen Gedanken Flügel. Es gab so etwas wie eine Lösung. Wer sich mit den Blutsaugern beschäftigte, der wusste, dass sie kein Tageslicht vertrugen. Erst recht nicht das Licht der Sonne. Die schien zwar draußen nicht, aber es war recht hell, was in diesem Wohnmobil nicht unbedingt zu spüren war, da die Fenster von den Vorhängen verdeckt wurden.

Mason riss die ersten Vorhänge zur Seite. Zwar fluteten keine Sonnenstrahlen in den Wagen, doch es wurde um einiges heller, und das würde seinen Gegner hoffentlich schwächen.

Zunächst hatte er nicht viel davon mitbekommen. Er war darauf aus, Masons Blut zu trinken, und griff wieder an.

Er schwang die Kette, konnte aber wegen der geringen Höhe des Fahrzeugs nicht richtig ausholen. So konnte Mason dem Schlag leicht ausweichen. Danach trat er zwei Schritte zurück und ließ sich fallen.

Für seinen Gegner musste es so aussehen, als wäre er gestolpert. Doch Mason hatte sich bewusst nach hinten fallen lassen und landete mit dem Rücken auf dem Bett.

Es war ein Risiko, doch das musste er eingehen. Er sah den Vampir kommen. Es konnte sein, dass dieser mit der Kette zuschlagen würde, aber das tat er nicht. Er wollte an Masons Blut, und das war nur möglich, wenn er zubiss.

Er warf sich nach vorn. An die eigene Sicherheit dachte er nicht. Und es war ihm auch egal, dass Mason seine Beine hochgehoben und zugleich angezogen hatte.

Im genau richtigen Moment stieß er sie nach vorn und traf mit beiden Füßen die Brust des Blutsaugers.

Für einen winzigen Moment sah die Gestalt aus, als würde sie erstarren. Dann griffen die Gesetze der Physik. Der Wiedergänger flog zurück, und es gab nichts, was ihn aufgehalten hätte. Er stolperte über die eigenen Füße und schlug der Länge nach zu Boden. Die Kette hielt er noch immer fest. Ihre Glieder falteten sich über seiner Brust zusammen und blieben darauf liegen.

Das nahm Mason Flint nur am Rande wahr. Er sprang vom Bett hoch, und der nächste Sprung brachte ihn bis an die Tür.

Er riss sie auf.

Zuerst sah er das erschreckte Gesicht des Polizisten, der die Tür ebenfalls hatte öffnen wollen. Sicherlich hatte er den Schuss und die darauf folgenden Kampfgeräusche gehört.

Jetzt drang mehr Tageslicht in den Wagen, und bereits im Wegdrehen schrie Mason den Mann an: „Gehen Sie weg!"

Ob Burton gehorchte, wusste er nicht. Er sah, wie der Vampir wieder auf die Beine kam. Dann stand er breitbeinig auf der Stelle, schwankte hin und her und hielt noch immer die Kette fest.

Etwas störte ihn gewaltig oder machte ihm zu schaffen.

Mason wusste, dass es nur die Helligkeit sein konnte, und das wollte er noch verstärken.

Bisher hatte der Blutsauger angegriffen, aber das wollte er jetzt ändern.

Bevor sich der Vampir versah, hatte Mason ihn erreicht. Er schleuderte ihn herum und wuchtete ihn in die Mitte des Wagens, verfolgte ihn und schlug von der Seite noch einmal wuchtig zu, als sich der Vampir in Höhe der offenen Tür befand.

Der Schlag schleuderte den Wiedergänger aus dem Wagen. Einen Fuß bekam er noch normal auf den Boden, den zweiten nicht mehr. Er stolperte etwa zwei Meter weit in den Tag hinein und damit in das volle Tageslicht.

Dann brach er zusammen. Seine Beine hatten nicht mehr die Kraft, ihn zu halten. Er fiel auf die Seite und stöhnte dabei. Das Klirren der Kette verstummte, und von der Seite her kam Mike Burton mit zögerlichen Schritten näher.

„Bleiben Sie auf Distanz!“, riet Mason ihm.

Der Polizist nickte nur und blieb stehen. Seine Gesichtshaut verlor die gesunde Farbe.

Flint atmete auf. Er wusste, dass der große Horror hinter ihm lag.

Noch sah er sich aber nicht als Sieger, denn der Vampir war nicht endgültig vernichtet. Er war nur schwach, und er kämpfte, was Mason deutlich mitbekam. Er versuchte sich umzudrehen, was er auch schaffte, und als er auf dem Bauch lag, wollte er sich in die Höhe stemmen. Aus seinem offenen Mund drangen gurgelnde Laute.

Mason überhörte sie. Er wandte sich stattdessen an den Polizisten.

„Haben Sie Handschellen dabei?“

„Ja, Sir.“

„Her damit!“

Er erhielt sie.

Der namenlose Vampir kniete jetzt. Sein Kopf war nach vorn gesunken, er pendelte, und erneut verließen schaurig klingende Laute seinen Mund.

Mason Flint packte die beiden Arme des Vampirs und zerrte sie auf den Rücken. Ohne auf die jetzt weinerlichen Schreie zu achten, legte er dem Vampir die beiden Ringe um die Handgelenke und klickte sie zu.

Dann trat er zur Seite und atmete auf.

Sein Gegner kniete auch weiterhin. Es war eine demütige Haltung, die Flint allerdings nicht als solche empfand.

Mike Burton sprach ihn an. Dabei zitterte die Stimme des Mannes.

„Was ist das gewesen?“

Flint legte seinen Kopf zurück. Er musste einfach lachen, nur so löste sich seine Anspannung.

„Bitte, was …“

„Fragen Sie nicht, Burton. Nehmen Sie es einfach hin

und denken Sie daran, dass es zwischen Himmel und Erde wirklich Dinge gibt, die nicht so einfach zu erklären sind."

„Aber das ist doch kein normaler Mensch – oder?"

„Stimmt." Mason hatte keine Lust, sich weiterhin über den Vampir zu unterhalten. Er wandte sich ab und baute sich vor dem Gefangenen auf.

Der Blutsauger existierte noch. Aber er litt Qualen. Das Tageslicht tat ihm alles andere als gut. Aus seiner Kehle drangen röchelnde Laute, und Mason sah auch die Veränderung in seinem Gesicht. Aus Filmen und Büchern kannte er die Szenen, in denen ein Vampir allmählich zerfiel und zum Schluss nur noch Staub zurückblieb.

Es konnte sein, dass dies auch hier geschah. Doch darauf wartete er vergebens. Zwar veränderte sich das Gesicht, zwar bekam die Haut Flecken, sie riss nur nicht und löste sich auch nicht ab. Was der Blutsauger erlebte, war ein Dahinsiechen, das irgendwann zu seinem Ende führen würde.

Die Schwäche bei ihm nahm zu. Jetzt war es für ihn schon schwierig, sich in der knienden Position zu halten.

„Das begreife ich nicht", flüsterte Burton.

Flint nickte. „Es ist auch kaum zu begreifen. Deshalb sollten Sie es gar nicht erst versuchen."

„Und Sie, Sir? Was ist mit Ihnen?"

„Ich habe diesen Fall am Hals. Ausgesucht habe ich ihn mir auch nicht. Aber das ist nicht Ihr Problem."

„Zum Glück nicht", flüsterte Burton.

Der Vampir schwankte. Das Licht saugte die böse Kraft aus ihm hervor, und wenn diese nicht mehr da war, blieb nur noch eine Hülle zurück.

Flint trat an ihn heran. Er hatte schon den rechten Fuß angehoben, um ihn zur Seite zu stoßen, doch das konnte er sich sparen. Der Vampir kippte von selbst auf die rechte Seite, auf der er auch liegen blieb.

Mason schaute sich das Gesicht an. Dort zuckte nichts mehr. Auch die verwelkte Haut rollte sich nicht mehr weiter auf oder bildete neue Flecken, die darauf hindeuteten, dass es mit ihm zu Ende war.

„Ist er tot?", fragte Burton.

Mason musste lachen. „Kann sein. Was man so tot nennt, mein Lieber."

„Aha." Burton gab zwar die Antwort, sah aber aus wie jemand, der nichts begriffen hatte. Trotzdem wollte er wissen, was mit ihm geschehen sollte.

Mason nickte. „Es gibt eine Möglichkeit. Wir werden ihn verbrennen müssen. Das ist sicher."

„Mein Gott ..."

„Lassen Sie den lieben Gott aus dem Spiel. Das hier geht nur uns etwas an. Am liebsten würde ich ihn gleich hier verbrennen." Flint hob die Schultern. „Aber vielleicht gibt es andere Möglichkeiten."

Da von dem Blutsauger keine Gefahr mehr drohte, untersuchte er ihn und fand tatsächlich in der Innentasche der Jacke einen Führerschein.

Der Mann hieß Edwin Sharp. Der Name sagte ihm nichts. Er hatte ihn noch nie zuvor gehört. Er hatte das Pech gehabt, gerade am vergangenen Abend und gerade in diesem Wohnmobil sein Vergnügen gesucht zu haben. Dafür hatte er bezahlen müssen. Aber wer hatte ihn zum Vampir gemacht?

Auf diese Frage wusste Mason keine Antwort.

Er dachte an die tote Prostituierte, die in den Büschen gefunden worden war.

Musste er das ihr ankreiden?

Er wusste es nicht. Sein Gefühl sagte ihm, dass dies nicht zutreffend war. Es konnte durchaus noch eine andere Möglichkeit geben – Frenchy Davies.

Seine ehemalige Freundin war durch den Biss zu einer Blutsaugerin geworden. Sie brauchte den menschlichen Saft, um Kraft zu tanken. Die vergangene Nacht hatte ihr den nötigen Schutz geboten. Und dieses Wohnmobil stand in der Nähe des Flusses, nicht mal weit von dem alten Kahn entfernt, in dessen Bauch Frenchy gefangen gehalten worden war.

Sie hätte den Weg durchaus zurücklegen können,

um sich am Blut der Nutte zu sättigen. Danach hatte sie ihr dann die Kehle durchgeschnitten und deren Stelle eingenommen.

Aber die Prostituierte war nicht blutleer. Flint hatte sich den Leichnam der Frau genau angesehen.

Die bange Frage des Polizisten riss ihn aus seinen Gedanken.

„Was geschieht denn mit dieser Gestalt?“

„Ganz einfach. Ich werde sie abholen lassen.“

„Verbrennen, sagten Sie?“

„Eventuell. Erst sollen die Kollegen nachforschen, wer er war. Vielleicht gibt es eine Ehefrau oder Verwandte, die zu benachrichtigen sind.“

„Wissen Sie was, Sir?“

„Nein, aber Sie werden es mir sagen.“

Mike Burton nickte.

„Genau das hatte ich vor. Ich möchte so etwas nicht noch mal erleben. Ich habe die spitzen Zähne gesehen, doch ich habe mir vorgenommen, dies alles zu vergessen, als wäre es nicht passiert. Können Sie das verstehen?“

„Und ob ich es verstehe. Mir wäre auch wohler, wenn ich damit nichts am Hut hätte.“

„Aber Sie machen weiter – oder?“

„Ich muss, mein Lieber, ich muss …“

8

Mason Flint war unterwegs. Die „Aufräumarbeiten“ hatte er Sergeant Horseman überlassen, der alles andere als erfreut darüber gewesen war. Vor allen Dingen war es ihm wichtig gewesen, den gefangenen Vampir wegzuschaffen und ihn in einen Sicherheitstrakt zu bringen, in dem auch Terroristen untergebracht waren. Mason wollte sich später um die Gestalt kümmern.

Er wusste, dass er sich die ganze Sache nicht allein auf seine Schultern laden konnte. Er brauchte Rückendeckung, wobei er darüber nachdachte, ob Chief Superintendent der richtige Mann dafür war. Vielleicht sollte er noch eine Etage höher gehen und Commander Blake informieren. Aber das wollte er zunächst mit Curtis besprechen.

Dieser Gedanke beschäftigte ihn, als er sein Büro betrat.

Er hatte noch nicht an seinem Schreibtisch Platz genommen, als das Telefon anschlug.

Es war Martin Curtis, der ihn sprechen wollte.

„Es hat sich herumgesprochen, dass Sie wieder im Haus sind.“

„Ja, soeben. Es ist auch gut, dass Sie anrufen. Ich muss mit Ihnen reden.“

Mason ließ sich erst jetzt auf den Stuhl fallen und streckte die Beine aus.

„Ich habe von anderer Seite gehört, dass viel Blut geflossen ist“, sagte Curtis. „Trifft das zu?“

„Ja, das stimmt.“ Mason fuhr dicht an seinen Schreibtisch heran. „Um die normalen Recherchen, was die letzte Tote angeht, kümmern sich die Kollegen, und um das Unnormale, aber leider normal Gewordene müssen wir uns kümmern.“

„Sehr kompliziert ausgedrückt, Mason. Hat das etwas mit dem Mann zu tun, den Sie in den Hochsicherheitstrakt haben einliefern lassen?“

„Hat es.“

„Da wäre ich gern informiert worden.“

Mason Flint hatte den ärgerlichen Klang in der Stimme nicht überhört.

„Ich bin leider noch nicht dazu gekommen“, erklärte er. „Ich denke, wir werden es jetzt nachholen.“

„Gut, dann komme ich zu Ihnen.“

„Danke.“ Mason legte den Hörer wieder weg und blies seine Wangen auf. Er konnte seinen Vorgesetzten verstehen, aber wie würde der Chief Superintendent reagieren, wenn er die ganze Wahrheit erfuhr?

Curtis war schnell da. Er trug eine schwarze Hose und dazu ein mausgraues Jackett. Der Blick seiner Augen war nicht eben freundlich, als er sich Flint gegenüber auf einen Stuhl setzte. Auf seiner Gesichtshaut malten sich mehrere rote Flecken ab.

„So, und jetzt möchte ich mal die gesamte Wahrheit von Ihnen erfahren, Mason."

„Das versteht sich." Flint spielte mit einem Kugelschreiber und runzelte die Stirn. „Ich fürchte, dass wir umdenken müssen, Martin. Das ist leider so und lässt sich nicht ändern."

Curtis verengte seine Augen. „Sie sprechen von den Menschen, die anderen das Blut aussaugen. Oder irre ich mich?"

„Nein, Sie irren sich nicht. Ich spreche von Vampiren, und das sind keine Menschen mehr."

Mason hatte sich entschlossen, ihm nicht die ganze Wahrheit zu sagen. Er wollte Doriana Gray, wenn eben möglich, aus dem Spiel lassen.

„Dann haben Sie den Nadelfall noch nicht gelöst?"

„Das schon."

„Aha."

Flint sprach weiter. „Es gibt nur ein Problem, und das ist nicht eben klein. Dieser Fall zieht einiges nach sich, dessen Auswirkungen ich bisher nicht abschätzen kann."

„Sie sprechen von Doriana Gray, dieser Frau aus der Botschaft?"

„Unter anderem. Aber über die brauchen Sie sich

keine Gedanken mehr zu machen. Ich habe sie aus dem Verkehr ziehen können."

„Wie das?"

Mason log weiter. Er ging nicht auf Einzelheiten ein und hoffte, dass sich Curtis mit einer profanen Erklärung zufriedengeben würde. „Sie existiert nicht mehr."

„Das ist beeindruckend. Gratuliere."

Flint hob nur die Schultern. „Aber sie hat leider ein Erbe hinterlassen. Wir müssen uns damit abfinden, dass zumindest noch eine Vampirin hier in London ihr Unwesen treibt."

Curtis hob beide Hände leicht an. „Eine weitere Vampirin? Habe ich das richtig gehört?"

„Ja."

„Und Sie kennen sie?"

„Ja. Sie heißt Frenchy Davies."

Martin Curtis musste erst mal schlucken.

„Moment mal, das ist doch Ihre Freundin. Oder irre ich mich da?"

„Nein, Sie irren sich nicht. Ich habe sie leider nicht stellen können. Und es kann sein, dass sie bereits Spuren hinterlassen hat."

„Ich höre."

Mason nahm kein Blatt vor den Mund. Er berichtete, was in und an dem Wohnmobil passiert war. Dass er und Doriana verfolgt worden waren, erwähnte er nicht.

Curtis verlor seine Sicherheit. Mason kannte ihn. Wenn das eintrat, fuhr er mit der Hand über seine eisgrauen Haare. Er bewegte seine Lippen, ohne etwas zu sagen, bis er sich schließlich zu einem Kommentar durchrang. „Dann haben wir wohl in unserem Sicherheitstrakt einen Vampir zu Besuch. Oder?"

Mason hob die Schultern. „Ja, es ist ein Vampir, der allerdings stark geschwächt ist."

Curtis nickte. „Ich würde ihn gern sehen."

„Dem steht nichts im Wege. Ich wollte sowieso zu ihm und ihn von seinem Dämonendasein erlösen."

„Wie?"

Mason beugte sich vor und holte einen schmalen, aber sehr spitzen Brieföffner aus einem Behälter hervor, der zudem mit Kugelschreibern, Markern und anderen Schreibgeräten gefüllt war.

„Eine Waffe, Mason?"

„Ja. Sie besteht aus Silber. Ich denke, dass ich den Öffner ins Herz des Vampirs rammen muss, um endgültig sicher zu sein. Dabei hoffe ich, dass diese alten Gegenmittel keine Erfindung sind."

Die beiden Männer schauten sich an. Curtis war im Moment nicht fähig, eine Antwort zu geben. Seine Lippen zuckten.

Schließlich nickte er.

„Wenn es denn so sein muss“, flüsterte er, „tun Sie, was Sie nicht lassen können.“

„Danke. Und Sie werden mit dabei sein?“

Der Chief Superintendent musste nachdenken. Seine große Forschheit war verflogen. Er wusste, auf welch dünnem Eis er sich bewegte, denn so etwas wie Vampire durfte es eigentlich nicht geben, und auf keinen Fall durfte davon etwas ans Licht der Öffentlichkeit dringen.

„Sie müssen nicht, Martin. Nur fände ich es besser, wenn Sie ...“

„Ja, ja, ich werde Sie begleiten. Und ich gewöhne mich allmählich an den Gedanken, dass etwas Unaussprechliches zur Gewissheit geworden ist.“

Er schaute für einen kurzen Moment auf seine grau und rot gestreifte Krawatte, bevor er ein neues Thema anschnitt, das aber einen Bezug zu dem hatte, worüber sich die beiden Männer bereits unterhalten hatten.

„Ich weiß nicht, ob Sie darüber informiert sind. In den frühen Morgenstunden fand man eine kopflose Leiche. Das heißt, zuerst wurde der Kopf entdeckt. Er stand auf dem Deckel einer Mülltonne. Der Körper lag nicht weit davon entfernt. Jemand hat alles sorgfältig drapiert. Wie ein schauriges Happening.“

„Und was weiter?“

Curtis musste sich räuspern, bevor er antworten konnte. „Der Körper war blutleer.“

Dafür schoss Mason das Blut in den Kopf.

Eine blutleere Leiche! Und der abgeschnittene Kopf deutete darauf hin, dass derjenige, der das Opfer ausgesaugt hatte, verhindern wollte, dass es einen weiteren Vampir gab.

Er dachte an Doriana Gray. Aber sie war bei ihm gewesen und konnte es nicht gewesen sein.

Frenchy?

Ja, er konnte sich vorstellen, dass sie es gewesen war, die das Blut getrunken hatte. Aber warum hatte sie den Mann auf eine so grausame Art und Weise getötet? Möglicherweise wollte sie von sich ablenken, denn auch Doriana hatte diejenigen gekillt, deren Blut sie gestärkt hatte.

„Ich sehe Ihnen an, dass Sie diese Tatsache nicht unberührt lässt, Mason.“

„So ist es.“

„Was denken Sie?“

„Es gibt eigentlich nur eine Antwort. Frenchy Davies. Vielleicht wollte sie die Tat einer anderen Person in die Schuhe schieben, die es nicht mehr gibt.“

„Sie meinen Doriana Gray?“

„Ja.“

Curtis schüttelte den Kopf. Er lächelte dabei, doch dieses Lächeln war schon sehr hintergründig.

„Wie kommt es nur, dass ich Ihnen nicht so recht glauben kann?“

„Was meinen Sie?“

„Ich denke an diese Doriana Gray. Es will mir komischerweise nicht in den Kopf, dass sie nicht mehr existiert, aber das ist wohl Ihr Problem.“

„Nein, Martin, sie ist kein Problem mehr.“

„Aha.“ Curtis winkte ab. „Lassen wir das zunächst. Wir müssen einen Schlachtplan schmieden, und es sollten nur so wenig Menschen wie möglich eingeweiht werden. Auf keinen Fall die Presse. Die Hutnadelmorde sind vorbei. Commander Blake persönlich hat sich der Presse gestellt und Erklärungen abgegeben. Sie sind also aus dem Schneider und können im Untergrund weitermachen.“

„Das ist gut.“

Curtis räusperte sich. „Wir haben uns doch etwas vorgenommen, wenn ich mich nicht irre.“

„Sie meinen den Gefangenen?“

„Wen sonst?“

Mason steckte den Brieföffner in die Jackentasche. Er war zum Glück sehr spitz.

Dann stand er auf und ging zur Tür.

Martin Curtis folgte ihm schweigend.

Wenig später gelangten sie in einen Bereich, der zu den Neubauten gehörte. Er war eingerichtet worden, um Terroristen unterzubringen, und man konnte ihn mit gutem Gewissen als ausbruchsicher bezeichnen, aber auch irgendwie klinisch sauber.

Es gab Sicherheitskontrollen und Schleusen, die sie passiert hatten, bevor ein hünenhafter Farbiger sie in Empfang nahm und in einen Gang führte, in dem sich die neuen Zellen befanden. Zurzeit waren zwei besetzt, und sie waren durch Gittertüren einsehbar, wobei noch eine elektronische Überwachung durch die Augen von Kameras hinzukam.

Martin Curtis tippte dem vor ihnen gehenden Wachtposten auf die linke Schulter.

„Wohin haben Sie den Mann geschafft?"

„In die letzte Zelle, Sir."

„Gut. Ist er auffällig geworden?"

Die dichten Brauen, die aussahen wie dunkle Balken, hoben sich in die Höhe. „Können Sie das genauer definieren?"

„Ist der Mann bisher ruhig gewesen? Oder hat er getobt oder ..."

„Nein, das hat er nicht. Er schläft, Sir!"

„Bitte?"

„Tief und fest."

„Gut." Curtis nickte Mason zu. „Können wir unseren Weg jetzt endlich fortsetzen?"

„Ja."

Der Chief Superintendent versuchte es mit einem Scherz.

„Da haben wir es wohl mit einem müden Blutsauger zu tun."

„Freuen Sie sich nicht zu früh."

Curtis grinste. „Stimmt. Sie sind ja der Fachmann."

„Darauf könnte ich gut verzichten."

„Man kann es sich nicht immer aussuchen."

„Wenn Sie das sagen ..."

Der Wachtposten war vor der letzten Tür auf der linken Seite stehen geblieben. Er trat zur Seite, um den beiden Männern nicht die Sicht zu versperren. Durch die Lücken zwischen den Stahlstäben war die gesamte Zelle zu überblicken.

Die Einrichtung bestand aus Metall. Der Tisch, das Bett, ein Waschbecken, eine Toilette und ein Schrank ohne Türen. So konnten die Wärter erkennen, dass die Gefangenen darin nichts verbargen.

Zwei Kameras beobachteten von den Ecken der Decke aus die Zelle, und ihnen blieb nichts verborgen. Die Bilder aus den Zellen wurden auf Monitoren übertragen und von dem entsprechenden Personal genau beobachtet.

Da die Schritte der Männer verstummt waren, hatte

sich wieder diese bedrückende Stille ausgebreitet.

Edwin Sharp lag rücklings auf dem Bett. Er bewegte sich nicht und starrte nur gegen die graue Decke. Der Mann machte den Eindruck eines Schlafenden, nur waren keine Atemzüge zu hören. Er schien die Luft anzuhalten. Aber er war noch gefesselt, da war man auf Nummer sicher gegangen.

„Bitte schließen Sie auf!“, sagte Martin Curtis. „Und danach lassen Sie uns allein.“

„Ja, Sir.“

Die Tür war doppelt gesichert. Es konnte normal aufgeschlossen werden, aber die Tür ließ sich auch durch eine Codekarte öffnen, die durch einen Spalt gezogen werden musste. Der Wächter entschied sich für diese Möglichkeit.

Danach zog er die Tür auf, die sich lautlos bewegte, und ließ die Besucher an sich vorbei. Erst als Mason Flint ihn passiert hatte, zog er sich wieder zurück.

Als die Schritte des Wärters verhallt waren, näherten sich Flint und Curtis der Metallpritsche.

Edwin Sharp rührte sich immer noch nicht. Er machte sogar einen recht harmlosen und irgendwie zufriedenen Eindruck, denn inzwischen hatte er die Augen geschlossen.

„Sieht harmlos aus, Mason.“

„Sehen Sie mal genauer hin.“

„Und wohin genau?“

„In sein Gesicht.“

„Okay.“ Curtis beugte sich vor, blickte zunächst auf die gefesselten Hände auf dem Körper, dann wanderte sein Blick hoch zum Gesicht. Dort verharrte er.

„Fällt Ihnen was auf?“

„Da ist was mit der Haut. Sie ist nicht mehr so glatt. Es gibt einige Stellen, die ...“

„Ja, genau, Martin. Einige Stellen haben das Tageslicht nicht vertragen. Ich würde sagen, dass es die ersten Anzeichen von Verfall sind, und der kann sich fortsetzen.“

Curtis kam wieder hoch. „Glauben Sie, dass er verfaulen wird oder kann?“

„Nein, so weit möchte ich nicht gehen. Aber das Tageslicht hat ihn angefressen. Er ruht jetzt. Für die meisten Menschen ist er eine Leiche. Ich bin da misstrauisch.“

„Was man Ihnen nicht verdenken kann.“

Mason griff in die Innentasche seiner Jacke und holte den silbernen Brieföffner hervor. Er wusste, wie schwer es ihm fallen würde, ihn in die Brust des Liegenden zu rammen, wo bei einem Menschen normalerweise das Herz schlägt.

Das war hier nicht der Fall. Zwar hatte der Blutsauger noch ein Herz, aber es schlug nicht mehr. Wenn es durchstoßen und zerstört wurde, war es auch mit der Existenz des Wiedergängers vorbei.

Curtis hatte gesehen, was Mason in der rechten Hand hielt.

„Und Sie wollen es wirklich tun?“, erkundigte er sich mit einer leicht kratzig klingenden Stimme.

Masons Blick wurde hart. „Ich muss.“

Curtis nickte. „Tun Sie, was getan werden muss.“ Er trat zur Seite, damit Mason freie Bahn hatte.

Flint blieb neben dem Bett stehen. Wenn er sich jetzt bückte, würde er genau die linke Brustseite des Liegenden treffen. Er ärgerte sich jetzt, dass er kein Schlaginstrument mitgenommen hatte. Damit hätte er den Brieföffner in den Körper hineintreiben können.

Er schaute noch mal genau hin und drückte die Spitze gegen die linke Brustseite. Einige Blutflecke klebten noch auf dem zerknitterten Hemdstoff.

Mason stach zu.

Es gab eine Wunde unter dem Stoff, aber es quoll nicht ein Tropfen Blut hervor.

Das sah auch Martin Curtis. Er trat wieder näher und flüsterte: „Der ist tatsächlich blutleer.“

„Ja, wie die Leiche ohne Kopf.“

„Schaffen Sie es denn?“

„Wenn nicht, müssen wir uns einen Hammer besorgen und den Brieföffner hineintreiben.“

„Soll ich vielleicht …“

„Nein, ich versuche es so. Der Brieföffner ist wie ein Messer, wenn Sie sich die Spitze anschauen.“

„Okay.“

Flint wartete, bis Curtis wieder zurückgetreten war. Beim zweiten Versuch hob er die Waffe an. Er wollte die Stelle treffen, die schon markiert war, und zielte genau.

Ihm war nicht gut. Er musste sich von dem Gedanken befreien, einen Menschen vor sich zu haben. Er versuchte, den inneren Druck loszuwerden, indem er sich sagte, dass er etwas Positives tat und die Menschen vor einer gewaltigen Gefahr bewahrte.

Er holte noch weiter aus.

Einen Herzschlag später raste etwas Blitzendes nach unten und traf zielgenau die bestimmte Stelle.

Sharps Körper zuckte.

Mason zog den Brieföffner wieder hervor. Er atmete tief ein und sah, dass die Wunde nicht so tief war, wie er es sich gewünscht hätte. Das Herz war nicht verletzt worden.

„Noch mal!“, flüsterte er vor sich hin und setzte zu einem dritten Versuch an.

Am liebsten hätte er die Augen geschlossen, aber er musste genau treffen.

Diesmal drang er durch.

Tief rammte er den Brieföffner in den Körper der leblosen Gestalt und durchbohrte diesmal das Herz.

Ein Schrei, ein Zucken!

Keiner der beiden Männer hatte den irre klingenden Laut ausgestoßen. Es war die leblose Gestalt gewesen, der angeblich Tote, und Mason ließ den Brieföffner los, als wäre dieser glühend heiß.

Sharps Körper bäumte sich auf. Auch der Kopf ruckte hoch, sodass Mason das verzerrte Gesicht überdeutlich sah. Er konnte den Ausdruck nicht beschreiben. Es war einfach nur das Zerrbild eines Menschen. Eine böse Fratze, mehr nicht.

Sekundenlang hielt sich die Gestalt in dieser ungewöhnlichen Lage, dann brach sie zusammen. Mason hatte zuletzt noch ein Flackern in den Augen gesehen, das war nun ebenfalls vorbei. Dieser Mensch hatte seine Ruhe für immer.

Flint zog den silbernen Brieföffner mit zitternder Hand hervor und besah sich die schmale Klinge von beiden Seiten.

Es klebte kein Blut daran, wie es bei einem Menschen hätte sein müssen. Allerdings rann eine leicht ölige wässrige Flüssigkeit am Metall entlang und hinterließ dort Schlieren.

Mason Flint drehte sich um. Er sah seinen Vorgesetzten und fing dessen Blick auf.

Curtis war nicht in der Lage, auch nur ein Wort zu sagen. Er starrte ins Leere, atmete heftig und wischte sich dann mit einer langsamen Bewegung den Schweiß von der Stirn. Es war sogar zu sehen, dass seine Beine zitterten.

„Und jetzt, Mason?“

„Ist der Mann Ihr Problem. Ich habe das getan, was getan werden musste, und es ist mir alles andere als leichtgefallen, das können Sie mir glauben.“

„Ich weiß.“ Curtis hob die Schultern. Er wirkte hilflos, was bei ihm selten vorkam. Auch seine Frage passte dazu. „Worauf müssen wir uns einstellen?“

Flint hob nur die Schultern.

„Sie wissen es nicht? Oder wollen Sie nichts sagen?“

„Keine Ahnung, Martin, aber die ruhigen Zeiten sind vorbei, denke ich.“

In Gedanken fügte er hinzu: zumindest für mich …

9

Doriana verspürte Durst!

Nicht auf das Blut eines Menschen, sondern das ganz normale Verlangen, etwas zu trinken. Sie ging zum Kühlschrank, öffnete ihn und holte eine mit Wasser gefüllte Flasche hervor.

Beim Aufrichten blickte sie aus dem Küchenfester auf das normale Leben, an das sie sich von nun an gewöhnen musste.

Ohne Mason fühlte sie sich in der kleinen Wohnung wie auf einer Insel oder auch wie eine Gefangene. Zudem hatte sich Mason nicht gemeldet.

Sie öffnete die Flasche und ging zurück in den Wohnraum, setzte sich und trank einige Schlucke. Dabei dachte sie über sich selbst nach.

Doriana Gray kam mit ihren Gefühlen noch nicht zurecht. Es war alles kompliziert geworden. Sie hatte ein anderes Leben vor diesem geführt, das schon. Nun lag es hinter ihr, aber es war nicht vergessen.

Sie war von einer inneren Unruhe erfüllt. Immer, wenn sie an ihre eigene Zukunft dachte, begann ihr Gesicht zu glühen.

Was würde die Zukunft für sie bringen?

Doriana fand keine Antwort darauf. Die Zukunft war ein verschwommenes Gebilde, in das sie nicht hineinschauen konnte. Dafür erlebte sie mehr das Gegenteil, denn einige Male überkamen sie Bilder, die sie sich selbst nicht vorgestellt hatte.

Ihre Vampirexistenz war vorbei, aber da gab es etwas, das davor lag, und es war mehr als eine Ahnung, dass diese Zeit eine starke Bedeutung in ihrem zukünftigen Leben haben würde.

Das Bild von Mother Shipton tauchte vor ihrem geistigen Auge auf. Sie sah sie an das Balkenkreuz gefesselt, von fünf Pfeilen gespickt, und dann war ihr der sechste genau ins Auge gefahren und hatte sie für immer getötet.

Sie sah dieses strahlende, durchscheinende und das andere, das dunkle Wesen. Sie waren plötzlich erschienen und hatten einen heftigen Kampf miteinander ausgefochten, doch dann waren sie genauso schnell, wie sie erschienen waren, wieder verschwunden.

War es der Kampf zwischen Gut und Böse gewesen? War es vielleicht ein Synonym dafür gewesen, dass in Mother Shipton beide Seiten vorhanden gewesen waren?

Ein leiser, fast jammernder Seufzer stieg aus ihrer Kehle, als sie daran dachte, dass es vielleicht auch in ihr diese zwei Seiten gab, die einander bekämpften, um die Oberhand zu gewinnen.

Sie wusste, dass sie die Nachfolgerin Mother Shiptons hatte werden sollen, also musste sie auch über starke Hexenkräfte verfügen. Welche das waren und wie sie sie anwenden konnte, war ihr im Moment noch nicht richtig klar. Zu lange hatte die Vampirexistenz mit der alles andere überlagernden Blutgier ihr Wesen beherrscht. Sie konnte sich nicht erinnern, in ihrer Zeit als Vampirin jemals ihre Hexenkräfte eingesetzt zu haben, weil das nicht nötig gewesen war. So war ihr Wissen verschüttet, aber sie war fest überzeugt, dass sie schon bald wieder in der Lage sein würde, ihre außerordentlichen Kräfte zu aktivieren.

Die Gedanken daran schienen in ihr etwas ausgelöst zu haben. Es war ihr, als wäre plötzlich ihre Schwerkraft aufgehoben und sie würde im Sessel schweben.

Ihre Umgebung verschwamm und löste sich auf. Eine andere tauchte auf.

Doriana saß da mit offenen Augen. Sie spürte sich selbst kaum, als wäre sie aus ihrem Körper geflohen. Ihre Gedanken wirkten zerrissen, als würde sie plötzlich aus zwei Personen bestehen, deren Gedanken sie erfüllten.

Doriana bemühte sich, eine Erklärung zu finden. Und auf einmal stellte sie fest, dass sie sich auf zwei Ebenen bewegte, zum einen in der Gegenwart und dann in einer Vergangenheit.

Sie stand auf.

Oder blieb sie sitzen?

Was war das?

Sie fuhr durch ihr Gesicht und spürte, dass Schweiß auf der Handfläche zurückblieb. Dabei beobachtete Doriana ihr anderes Ich.

Sie schluckte. Sie vergaß zu atmen. Erst als sie unbedingt Luft holen musste, öffnete sie den Mund. Prompt ging es ihr besser, aber das andere Ich war nicht verschwunden.

Sie sah sich an der Tür, und sie sah um keinen Deut anders aus.

Mit einem Bein stand ihr zweites Ich bereits im Flur. Es hatte sich halb gedreht und schaute zurück ins Wohnzimmer, in dem sich Doriana aufhielt.

Das zweite Ich lächelte.

Sie lächelte nicht.

Aber das zweite Ich zeigte keine spitzen Vampirzähne. Das Gebiss ihres Ebenbildes war völlig normal.

Doriana bemühte sich, die Fassung zu bewahren und nachzudenken.

Ein zweimaliges Ich. Aber getrennt.

Wie hatte das geschehen können?

Sie wusste, dass es die besonderen Hexenkräfte in ihr waren. Was sie erlebte, war die ganz große Ausnahme, so wie auch sie eine Ausnahme war. Aufgezogen von Mother Shipton …

Plötzlich hatte die Vergangenheit zugeschlagen. So kam es ihr vor. Sie hatte sich gemeldet, und sie zeigte Doriana, welche Kräfte in ihr steckten.

Sie glaubte zu flüstern, doch sie dachte die Worte nur. „Ich bin eine Hexe. Ja, ich bin eine Hexe. Ich bin die Erbin Mother Shiptons …"

„Ja, das bist du …"

Doriana schrak zusammen, als sie die Bestätigung vernahm. Sie wusste im ersten Moment nicht, wer gesprochen hatte, bis ihr einfiel, dass sie es gewesen war und zugleich eine andere Person, den sie als Zweitkörper ansah.

Sie schaute zur Tür.

Da nickte ihr jemand zu.

Also hatte sie mit ihrer Vermutung richtig gelegen. Die andere Person, die zugleich sie selbst war, hatte mit ihr gesprochen.

Doriana saß regungslos in ihrem Sessel und hielt die Augen geschlossen. Sie wollte warten, was ihr nicht leichtfiel. Erst als eine bestimmte Zeitspanne verstrichen war, öffnete sie die Augen und schaute zur Tür. Dort stand niemand mehr.

Ich bin nicht mehr da!, dachte sie. Aber ich bin da gewesen. Ich habe mich nicht geirrt. Ich bin da gewesen, und ich habe nicht nur hier gesessen. Ich habe mich noch mal gesehen. Mich gibt es zweimal, ja, zweimal.

Sie hatte das Gefühl, als würde sie zittern.

War das der Preis, den sie dafür zahlen musste, dass sie ihr Vampirdasein verloren hatte? War sie vom Regen in die Traufe geraten?

Wie von selbst kehrten ihre Gedanken zu Mother Shipton zurück. Und plötzlich sah sie sich neben ihrer Ziehmutter, die eine Schale mit Deckel auf den Tisch gestellt hatte und ein altes Buch in den Händen hielt.

Wie Schuppen fiel es ihr von den Augen!

Die Salbe in der Schale! Mit ihr hatte Mother Shipton ihre Hände eingerieben und gesagt, dass sie von nun an heilende Hände haben würde!

Und der Schutzgeist, der Engel, der in ihr Schicksal eingreifen und ihr helfen würde, wenn es darauf ankäme! Sein Geist und ihr stofflicher Körper würden eins werden, und es würde sie zweimal geben!

Erst jetzt begriff Doriana, dass sie sich die ganze Zeit über, als sie ihr Ebenbild an der Tür gesehen hatte, nicht hatte bewegen können. Nur ihre Gedanken waren noch vorhanden gewesen, und sie hatte sogar mit ihrem Zweitkörper kommuniziert!

Sie fühlte sich auf einmal ungeheuer schwach, und sie wusste nicht, ob sie akzeptieren wollte, was ihr einmal gegeben worden war und was offenbar unauslöschlich in ihr steckte. Plötzlich wusste sie, dass es keinen anderen Weg für sie gab. Sie musste das Beste aus ihrer

Lage machen. Und das hieß, dass sie Mother Shiptons Erbe annehmen musste. Sie hatte sie aufgenommen, großgezogen und ihr etwas Besonderes mitgegeben. Vor einem Dasein als Vampirin hatte sie Doriana nicht bewahren können. Im Nachhinein konnte man dies auch als Vorteil betrachten. So hatte sie lange, lange Jahre überleben können. Ihr Vampirleben war vorbei. Zurückgekehrt war das erste Leben als Hexe, wie immer sie den Begriff auch definieren sollte.

Hexen waren weise Frauen. Hexen kannten sich aus in der Welt des Irdischen und auch des Überirdischen, wie Doriana am eigenen Leib verspürt hatte. Sie war eine Wissende. Sie besaß besondere Eigenschaften. Und eine davon war, dass sie an zwei Orten zugleich sein konnte.

Es war eine faszinierende Vorstellung. Und sie wusste zugleich, dass sie ihre neue Erkenntnis auch als Waffe gegen ihre Feinde einsetzen konnte, denn die gab es, das stand fest. Nicht grundlos waren sie und Mason von den beiden Killern auf dem Motorrad verfolgt worden. Beide waren entkommen, und Doriana glaubte nicht, dass sie aufgegeben hatten.

Aber würde sie es schaffen, ihren Schutzgeist herbeizurufen, wenn sie ihn benötigte? So wie sie unbewusst ihre heilenden Hände eingesetzt hatte, als der Armbrustbolzen in Mason Flints Schulter eine tiefe

Wunde hinterlassen hatte?

Sie warf noch einen Blick zur Tür, aber ihr Ebenbild blieb verschwunden. Es war still in der Wohnung.

Sie steckte auf einmal voller Energie, das neue Wissen hatte ihr gutgetan, und sie würde es einsetzen müssen, um den Berg voller Probleme abzutragen, der vor ihr lag.

Keine Vampirin mehr! Kein Blut mehr trinken müssen! Normal durchs Leben gehen und dabei wissen, dass man etwas Besonderes war.

Wieder dachte sie an die beiden Männer auf dem Motorrad. Sie hatten es darauf abgesehen, Vampire zu jagen, und sie würden ihr Vorhaben nicht aufgeben, das war ihr ebenfalls klar.

Aber welche Macht steckte dahinter? Sie glaubte nicht, dass die beiden Männer auf dem Motorrad aus eigenem Antrieb gehandelt hatten. Da musste es jemanden geben, der sie führte und lenkte. Dessen Motiv möglicherweise seinen Ursprung in der Vergangenheit hatte, aus der auch sie kam.

Namen!

Sie lachte auf, als sie daran dachte. Nein, ein Name war ihr nicht mehr eingefallen. Dazu lag die Zeit zu weit zurück.

Dennoch – jemand war hinter ihr her. Ähnlich wie damals dieser Inquisitor, der Mother Shipton vernichtet hatte. Sie kannte nicht mal seinen Namen. Aber er hatte etwas in Gang gesetzt, dessen Folgen sie jetzt spürte.

Möglicherweise warteten noch viele Rätsel auf sie, aber das wichtigste war gelöst worden. Sie wusste jetzt, woran sie war, und sie konnte sich darauf einstellen.

Nur Mason Flint wusste es noch nicht. Sie mochte ihn, sie mochte ihn sogar sehr. Auch er hatte keine Vorstellung davon gehabt, was noch alles auf ihn zukommen würde, als er den Fall der blutleeren Leichen hatte aufklären sollen. Und das war bis jetzt nicht anders geworden. Doriana wusste, dass sie ihn behutsam einweihen musste.

Dabei hoffte sie, dass er Verständnis haben würde. Ja, das musste einfach sein, denn er war schon einen ungewöhnlichen Weg gegangen. Er gehörte zu den wenigen Menschen, die wussten, dass es Vampire gab.

Bei dem Vampirgedanken zuckte Doriana leicht zusammen, denn ihn konnte sie personalisieren. Es gab einen Namen, der sich in ihrem Kopf festsetzte.

Frenchy Davies!

Sie konnte der Anfang für eine neue Vampirpest sein. Sie selbst hatte als Vampirin existiert, und sie wusste, wie man als Vampir überlebte. Menschenblut war die einzige Quelle, und das würde auch bei Frenchy nicht anders sein.

Wenn sie aus dem Fenster schaute, sah sie den grauen, aber doch hellen Tag. Das Tageslicht machte Vampire schwach. Frenchy Davies würde sich verstecken müssen. Ihre Zeit kam erst, wenn sich die Dunkelheit über das Land schob. Dann begann ihre Jagd nach Nahrung. Dann waren die Menschen in Gefahr, und Frenchy würde vielleicht nicht, wie Doriana es meist getan hatte, ihre Opfer vernichten, sondern versuchen, ein Imperium aufzubauen und die Stadt mit Vampiren zu überschwemmen.

Dieser Gedanke machte Doriana Angst. Sie musste Frenchy jagen. Nicht allein. Mason sollte dabei an ihrer Seite sein, denn er kannte Frenchy besser.

Wo konnte sie stecken?

Doriana zerbrach sich den Kopf. Sie ging dabei im Zimmer hin und her, und sie konnte sich vorstellen, dass Frenchy ihre Vergangenheit nicht vergessen hatte.

Wenn sie den Gedanken weiterhin verfolgte, konnte es sein, dass sie Mason nicht aufgegeben hatte und beabsichtigte, in seine unmittelbare Nähe zu gelangen, um ihn in einem günstigen Augenblick anzufallen und ihm das Blut auszusaugen.

Wusste er das?

Bestimmt. Nur wollte Doriana sicher sein und mit ihm darüber reden. Er hatte ihr seine Handynummer und die seines Büros hinterlassen, unter denen er zu erreichen war. Zwar hatte er sie gebeten, nur in Notfällen anzurufen, aber sie sah ihre Lage als einen Notfall an.

Doriana nahm das Telefon aus der Station. Bedächtig tippte sie die Zahlen ein und hoffte stark, dass sich ihr Freund in seinem Büro aufhielt.

Er war da, denn schon nach dem dritten Signalton hob er ab.

„Ich bin es!“

„Dorry?“ Seine Stimme klang erstaunt. „Ist etwas passiert, dass du mich anrufst?“

„Nicht direkt. Aber bist du allein?“

„Im Moment schon. Ich …“

Sie ließ ihn nicht weiterreden. „Das ist gut, denn ich möchte dich etwas fragen. Hast du inzwischen eine Spur von Frenchy gefunden?“

Seine Stimme klang etwas belegt. „Eine Spur schon. Sie selbst leider nicht.“

„Und?“

„Es ist eine etwas längere Geschichte.“

„Bitte, ich will sie trotzdem hören.“

In den nächsten Minuten wurde Doriana eingeweiht. Mason nahm kein Blatt vor den Mund, und sie sah ihre schlimmsten Befürchtungen bestätigt. Frenchy war bereits unterwegs. Sie hatte ihre Zeichen hinterlassen, und sie würde weitermachen. Weiß traten die Knöchel ihrer rechten Hand hervor, so fest umklammerte Doriana den Hörer.

„Und du hast diesen Mann erlöst?“, fragte sie nach, als Mason eine Pause einlegte.

„Das habe ich.“

„Wie hast du dich da gefühlt?“

„Oh, frag nicht so etwas. Ich habe meine Gedanken dabei ausgeschaltet. Martin Curtis war Zeuge, und er wird ebenso den Mund halten wie die Wachtposten im Zellentrakt. Wir können kein Aufsehen gebrauchen.“

„Das stimmt.“ Sie kam wieder auf Frenchy zu sprechen. „Von ihr hast du noch keine Spur?“

„Das ist leider so.“

„Keine Idee?“

„Im Moment noch nicht, Dorry. Sie hat sich irgendwo versteckt.“

„Ja, sie muss sich versteckt halten, denn das Tageslicht ist schädlich für sie. Aber wo?“

„Ich weiß es nicht.“

Doriana nagte auf ihrer Unterlippe. „Kannst du dir vorstellen, dass sie noch abrechnen will?“

„Du denkst dabei an mich?“

„Ja, und ich werde ebenfalls auf ihrer Liste stehen.“

„Das will ich nicht ausschließen. Wegen des getrunkenen Bluts wird sie zunächst satt sein. Wir brauchen nicht mit einem Amoklauf ihrerseits zu rechnen. Aber irgendwann wird sie es auf mich abgesehen haben.“

„Oder auch auf mich."

„Auf uns beide."

„Ja, das gefällt mir besser. Sie wird alles daransetzen, um uns zu bestrafen, jetzt, wo ich ...", sie lachte, „... wieder normal geworden bin."

„Und du selbst hast keine Probleme damit, Dorry?"

„Nein. Ich fühle mich wohl in meiner Haut." Von dem Erlebnis ihres geteilten Geistes sagte sie nichts. Dass sie die Fähigkeit besaß, an zwei Orten gleichzeitig zu sein, würde sie ihm erst schonend beibringen müssen.

Stattdessen fragte sie: „Wann kommst du nach Hause?"

Flint seufzte. „Ich würde gern kommen, aber das ist noch nicht möglich. Wir haben zwar jedes Aufsehen vermieden, intern aber ist hier der Teufel los. Man hat auch bereits den Bentley gefunden, und ich kann nur hoffen, dass man keine Spuren von mir darin findet. Ich bin in einer halben Stunde zusammen mit Martin Curtis bei Commander Blake zu einer Besprechung. So weit wie möglich wollen wir für die Zukunft Zeichen setzen."

„Hört sich gut an. Und was ist mit mir?"

„Dich lasse ich außen vor, Dorry."

„Da fällt mir ein Stein vom Herzen. Ich glaube nicht, dass deine Kollegen das, was in der Vergangenheit geschehen ist, akzeptieren würden."

„Richtig, Dorry. Ich werde dafür sorgen, dass du in Vergessenheit gerätst. Drück mir die Daumen, dass es mir gelingt."

„Gern." Sie drehte sich zum Fenster hin und fragte: „Wann kann ich dich wieder hier erwarten, Mason?"

Er lachte. „Du möchtest eine Uhrzeit?"

„Ja."

„Die kann ich dir nicht geben, wirklich nicht. Ich werde kommen, und ich möchte, dass du auf mich wartest. Auch wenn Frenchy noch existiert, ich kann mir nicht vorstellen, dass sie bei Tageslicht Jagd auf Menschen machen wird."

„Klar – und pass auf dich auf."

„Das werde ich schon, keine Sorge."

Das Gespräch war beendet, und Doriana schaute den Hörer noch länger an, bevor sie ihn wieder in die Station stellte. Das Gespräch hatte ihr gutgetan, auch wenn es nicht viel gebracht hatte, aber man konnte nicht alles sofort haben.

Sie würde warten müssen, und sie war sicher, dass die folgende Nacht noch einige Überraschungen für sie bereithielt.

Das galt auch für Mason Flint …

10

Das alte Haus, das eine Pension beherbergte, stand zwischen zwei neueren Bauten. Eigentlich hätte die Pension längst abgerissen werden sollen, aber der Besitzer weigerte sich strikt, das Haus zu verkaufen, und so blieb die Pension mit ihren acht Zimmern weiterhin stehen. Sie war so etwas wie ein Unterschlupf für Menschen, die es sich sonst nicht leisten konnten, in London zu übernachten.

Wer das Haus betrat und an der Rezeption vorbei auf die Rückseite zuging, der gelangte in einen kleinen Garten, in den kaum Sonnenstrahlen eindrangen, weil die Wände der anderen Häuser so hoch ragten, dass man hier den Eindruck hatte, in einer Felsschlucht zu sitzen.

Der Inhaber liebte den Garten trotzdem und seine Stammgäste ebenfalls. Sie störte es nicht, wenn die Pflanzen, die ein Stück Natur in den tristen Hof brachten, in Kübeln wuchsen.

In einem der Zimmer, deren Fenster zum Hof zeigten, hatten sich zwei Männer eingemietet. Das Outfit der Nacht hatten sie teilweise abgelegt. Die Stiefel und die ledernen Hosen hatten sie anbehalten. Der Nierenschutz lag auf den beiden einzelnen Betten, ebenso wie die beiden Jacken und die Helme.

Der eine Mann hieß Ray Garland. Er war ein kräftiger Typ mit kalten grünen Augen. Rote dichte Haare wuchsen auf seinem Kopf.

Der zweite Mann hatte es sich auf der Bettkante bequem gemacht. Er hörte auf den Namen Victor Fleming und stammte aus den tiefsten Liverpooler Slums. Er war kleiner als Garland. Auf seinem Kopf wuchsen so gut wie keine Haare. Die wenigen, die sich dort ausbreiteten, waren wie ein dunkler Schatten. Er hatte ein eckiges Gesicht und eine feuerrote Narbe am Hals.

Fleming war der zweite Mann im Team. Er überließ Ray gern die Führung. Und er führte die Befehle eiskalt aus, ohne irgendwelche Fragen zu stellen.

Wenn er den Kopf drehte, schaute er auf Garlands Rücken. Der Mann stand am Fenster, blickte hinaus und telefonierte. Wohl fühlte er sich dabei nicht, denn er musste eine Niederlage eingestehen, die er und Victor in der Nacht erlitten hatten.

Das Paar war entkommen!

Daran gab es nichts zu rütteln. Dabei hatten sie sich die Jagd einfach vorgestellt, aber das Leben bot eben zahlreiche Überraschungen, auch negative.

Ray schaute zwar nach draußen, sah allerdings nichts, weil er mit seinen Gedanken woanders war. Er hörte nur zu und gab nur selten eine Antwort.

„Ja, wir werden alles regeln. Darauf ist Verlass. Keine

Sorge, wir wissen Bescheid. Wir werden diesen Flint und das Vampirweib erwischen. Es wird sich alles nur eben um eine Nacht verzögern."

Damit war das Gespräch beendet. Garland steckte sein Handy weg, drehte sich aber noch nicht um. Er schaute weiterhin aus dem Fenster, bis Victor Fleming es leid war und ihn vom Bett aus ansprach.

„War das nun ein Erfolg oder war es keiner?"

Garland drehte sich vom Fenster weg. Er lächelte, was bei ihm nicht oft geschah.

„Was ist? Spuck es endlich aus!"

„Wir können einen zweiten Versuch starten", sagte Ray.

Fleming war so überrascht, dass er zunächst nach Worten suchen musste. „Und das ist kein Irrtum?"

„Nein. Er hat mir den Namen des Kerls genannt, der mit der Vampirin zusammen war."

„Du nanntest am Telefon einen Namen. Flint. Heißt er so?"

„Ja. Mason Flint."

Fleming schüttelte den Kopf. „Kenn ich nicht."

„Das will ich wohl meinen. Bullen gehören bekanntlich nicht zu deinem Bekanntenkreis."

„Scheiße, ein Bulle!"

„Du sagst es." Garland löste sich langsam vom Fenster. „Er ist so etwas wie ein Sonderermittler bei der Metropolitan Police."

„Und weiter?" Victor schaute mit einem fast hungrigen Blick den anderen an.

„Ich kenne seine Adresse."

Fleming sagte nichts. Die Antwort hatte ihm die Sprache geraubt. Erst nach einer Weile fand er sie wieder. „Aber was bringt uns das? Wir waren oder sind hinter der Frau her."

„Ich weiß. Das eine schließt das andere nicht aus. Wenn die beiden zusammengehören, dann werden wir uns auch den Bullen vornehmen. Ich denke, dass er uns das Versteck dieser Doriana Gray verraten wird."

Fleming lachte und schlug auf seine Schenkel. „Und wann setzen wir uns in Bewegung?"

„ Noch nicht sofort."

„Warum nicht?"

„Wir warten die Dunkelheit ab. So haben wir noch genügend Zeit, uns auf den Einsatz vorzubereiten ..."

Eine Spinne kroch über den Betonboden. Dann sah sie die Gestalt in ihrer Nähe hocken und wich ihr nicht aus. Sie kroch über sie hinweg, zuerst über die Beine, dann über den Bauch. Sie erreichte die Brust und anschließend den Hals.

Die acht Beine der Spinne bewegten sich zuckend. Sie ließ das Kinn hinter sich, auch die Lippen, erreichte die Nase, wollte ihren Weg fortsetzen, doch in diesem Augenblick zuckte die Frau, die wie eine Schlafende ausgesehen hatte, zusammen.

Frenchy Davies war sofort wach! Ihr rechter Arm schnellte hoch. Einen Moment später klemmte die Spinne zwischen ihrem Daumen und dem rechten Zeigefinger.

Sie hielt das Tier vor ihr Gesicht, schaute auf die zuckenden Beine und drückte langsam zu. Dann warf sie die tote Spinne zur Seite, richtete sich in eine sitzende Haltung auf und lehnte ihren Rücken gegen die Wand.

In ihrer Umgebung war es stockfinster.

Einen normalen Menschen hätte diese Finsternis verrückt machen können, aber Frenchy war kein Mensch mehr. Es war nur die körperliche Hülle, die man als menschlich bezeichnen konnte. Ansonsten fühlte sie nichts, bis auf eine Ausnahme, die für sie elementar war.

Es war der Hunger nach Blut!

Einen ganzen Tag lang hatte sie in diesem Versteck ausgehalten. Das Sättigungsgefühl war längst verschwunden. Sie brauchte Nachschub und gierte danach, ihre Zähne in den Hals eines Menschen schlagen zu können.

Die Tür hatte sie mehr durch einen Zufall entdeckt.

Aus Metall bestehend, eingebaut in eine Nische, hatte Frenchy sie unverschlossen vorgefunden und die Gunst des Augenblicks genutzt.

Sie war in den Raum gehuscht, der als Abstellkammer für Putzutensilien diente. Eimer, Lappen, Schrubber mit breiten Gummilaschen und einige Reinigungsmittel wurden in dieser Kammer aufbewahrt. Sie bot allerdings noch genügend Platz für einen Menschen, und so hatte sich Frenchy zwischen die Putzklamotten gelegt und den langen Tag abgewartet. Sie war in einen starren Zustand hineingeglitten und in einen Schlaf gefallen, der allerdings nicht mit einem menschlichen zu vergleichen war.

Sie hatte überhaupt mit dem Leben, das sie vorher geführt hatte, abgeschlossen. Eine neue Zeit lag vor ihr, die sie als Blutzeit bezeichnete und die der Beginn eines ewig dauernden Lebens sein sollte.

Genau das nahm sie sich vor. So lange zu existieren wie eben möglich. Dabei das Blut der Menschen genießen und sich nicht erwischen lassen.

Ein Blutspender stand ganz oben auf ihrer Liste.

Mason Flint!

Aber konnte sie sein Blut überhaupt noch trinken?

Sie hatte Mason zuletzt gesehen, als er den Mann vor dem Hausboot niedergeschossen hatte und dann zu Doriana Gray aufs Hausboot gegangen war. Was war dort geschehen? Hatte Mason die Vampirin vernichtet? Oder hatte etwa Doriana Mason das Blut ausgesaugt?

Dieser Gedanke erschreckte sie.

Nein, das durfte nicht sein! Masons Blut gehörte ihr!

Frenchy stand auf. Trotz der Blutgier fühlte sie sich fit. Es konnte daran liegen, dass sich die Helligkeit des Tages bereits verabschiedet hatte. Sie sah es nicht, sie spürte es nur, dass die Dämmerung bereits im Anmarsch war.

Sie blieb stehen. Gegenüber befand sich die Tür. Ein kaum erkennbarer heller Streifen zeichnete sich am Boden ab. Stimmen oder fremde Geräusche drangen nicht bis zu ihr, aber sie wusste, dass Menschen in die Tiefgarage fuhren, um hier ihre Wagen abzustellen.

Die Leute würden sie nicht zu Gesicht bekommen, obwohl die Vorstellung sie schon reizte, jemanden anzufallen und sein Blut zu trinken.

Es tat ihr auch gut, den Druck des Messers in der Tasche ihrer leichten Lederjacke zu spüren, mit dem sie dem Mann den Kopf abgeschnitten und auf der Mülltonne drapiert hatte. Er war bestimmt schon gefunden worden und hatte die Menschen in Angst und Schrecken versetzt.

Zwar war ihr die Kammer, in der sie den Tag verbracht hatte, unbekannt gewesen, nicht aber die Tiefgarage. Mehr als einmal war sie mit ihrem Freund Mason mit dem Fahrstuhl hierher in die Tiefe gefahren, um in den Jaguar zu steigen. Sie wusste auch, in welcher Parktasche Flint sein Auto abstellte.

Sie wünschte sich, dass der Wagen dort nicht stand. Die Überraschung würde viel größer sein, wenn sie ihn in der Wohnung erwartete. Hinein würde sie ohne Probleme kommen, denn sie trug den Zweitschlüssel in ihrer Lederjacke bei sich, den Mason ihr mal überlassen hatte.

Nach diesem Gedanken öffnete sie die Tür. Der erste Blick nach draußen. Eine Gefahr sah sie nicht. Im Moment fuhr auch kein Wagen in die Tiefgarage ein.

Kantige Säulen ragten in die Höhe und stützten die Decke. Auch für den Weg hinauf zur Wohnung, den sie nehmen wollte, hatte sie sich bereits entschieden. Sie würde nicht mit dem Lift hochfahren und sich der Gefahr aussetzen, entdeckt zu werden. Es gab ein Treppenhaus, das sie ebenfalls kannte. Die Notbeleuchtung, die dort brannte, würde sie ausschalten.

Frenchy nahm die Gerüche wahr. Ein Blutgeruch befand sich nicht darunter, Menschen sah sie auch nicht.

Und so machte sie sich auf den Weg. Sie wusste genau, wohin sie sich wenden musste, um die Tür zu erreichen, die zum Treppenhaus führte. Lautlos huschte sie über den mit Flecken übersäten Betonboden und stoppte auf der Hälfte der Strecke, weil sie das Geräusch eines einfahrenden Fahrzeugs vernahm.

Frenchy wusste, dass die Zufahrt nicht sehr lang war. Eine Kurve, das war alles. Danach würde der Wagen in die unterirdische Halle hineinfahren.

Als das Licht der Scheinwerfer in das Halbdunkel glitt, bewegte sich die Wiedergängerin zur Seite. Drei schnelle Schritte reichten aus, um zu einer Säule zu gelangen, hinter der sie Deckung finden konnte, bis die Störung vorbei war.

Es war ein kleiner BMW, dessen Reifen ein leises Quietschen verursachten, als er in eine Parktasche gelenkt wurde.

Die Tür wurde geöffnet. Eine Frau im hellen Mantel stieg aus. Ihr blondes Haar hing bis auf die Schultern. Es verdeckte den Hals, in dessen Haut Frenchy so gern ihre Zähne geschlagen hätte.

Sie riss sich zusammen, denn die andere Sache stand an erster Stelle. Wenn sie das hinter sich hatte, würde sie ihr Leben erst richtig neu ordnen können.

So ließ sie die Frau zum Lift gehen. Auf hohen Stiefelabsätzen stöckelte sie der Tür entgegen und war gleich darauf verschwunden.

Es wurde wieder still. Dennoch blieb die Blutjägerin auf der Hut. Sie warf einen kurzen Blick zu der Parktasche hinüber, die zu Masons Wohnung gehörte. Der Jaguar war nicht da. Also war Mason noch nicht von der Arbeit zurückgekehrt.

Sie bewegte sich leise, als sie auf ihr Ziel zulief. Die Tür war nicht zu übersehen. Auch diese bestand aus Metall.

Frenchy zog die schwere Tür auf. Sie sah an der linken Wand einen unter weichem Kunststoff verborgenen Schalter, den man drücken musste, um die Beleuchtung einzuschalten, die dann ein paar Minuten brannte, bis sie sich von selbst wieder ausschaltete.

Sie tat es nicht!

Ein normaler Mensch hätte in der herrschenden Dunkelheit so gut wie nichts gesehen. Frenchy aber sah die Stufen der Treppe, die etwa eine Körperlänge vor ihr begann.

Ohne zu zögern ging sie darauf zu. Raubtiergleich schlich sie in die Höhe. Sie kam an den einzelnen Etagen vorbei, und die Anspannung in ihr verstärkte sich. Oder war es nur die Gier, vermischt mit der großen Vorfreude auf den Biss?

Die Antwort wusste sie nicht. Sie dachte auch nicht länger darüber nach und hielt an, als sie die Tür des Notausgangs in der richtigen Etage erreichte.

Sie blieb davor stehen. Nicht um Atem zu schöpfen, das war vorbei. Ihr sensibles Gehör lauschte nach irgendwelchen Geräuschen, die auf eine Gefahr hindeuteten, aber sie vernahm nichts.

Sie öffnete die Tür und warf einen Blick in den Flur, der nicht dunkel war, weil dort permanent eine Beleuchtung brannte.

Es war niemand zu sehen.

Und doch befanden sich Menschen in der Nähe, auch wenn sie nicht zu sehen waren. Dafür gut zu riechen. Sie nahm den frischen und warmen Blutgeruch wahr, der sich hier überall verbreitete. Ihre Vorfreude steigerte sich noch, und sie leckte einige Male mit der Zungenspitze über ihre Lippen.

Sieg!

Ja, die Zeichen standen auf Sieg. An nichts anderes wollte sie denken. Es konnte nur das eine geben, und mit schnellen Schritten huschte sie auf Mason Flints Wohnungstür zu. Den Weg war sie schon unzählige Male gegangen.

Vor der Tür schaute sich Frenchy um. Von keiner Seite erreichten Stimmen ihre Ohren. Es dudelte nur irgendwo Musik, das nahm ihr sensibles Gehör schon wahr.

Sie legte ein Ohr gegen die Tür.

Dahinter war es still.

Aber sie bewegte ihre Nasenflügel. Blutgeruch stieg

ihr in die Nase. Also hielt sich jemand in der Wohnung auf. Den Jaguar hatte sie nicht in der Garage gesehen. Demnach war es nicht Mason Flint, sondern eine andere Person.

Aber wer? Wer kam infrage? Wem gegenüber brachte Mason so viel Vertrauen entgegen, dass er ihn allein in seinen vier Wänden zurückließ?

Konnte es vielleicht Doriana Gray sein?

Sie und Mason das neue Paar? Zwei, die sich gefunden hatten? Trieb er es mit einer Vampirin – oder war alles anders?

Die Vorstellung, dass Mason mit einer Blutsaugerin unterwegs war, wollte ihr nicht in den Kopf. Das war unmöglich, da hätte er gleich bei ihr bleiben können.

Aber wieso witterte sie Blut in der Wohnung?

Etwas stimmte da nicht.

Egal. Sie schaltete ihre Gedanken aus und ließ die Hand in die Tasche ihrer Lederjacke gleiten.

Dort befand sich der Schlüssel zur Wohnung. Frenchy war heilfroh, dass sie ihn nicht verloren hatte.

In ihrer Umgebung war nichts zu sehen und nichts zu hören, als sie den Schlüssel behutsam in das Schloss gleiten ließ und dabei so gut wie kein Geräusch hinterließ.

Nach der zweiten Umdrehung war es ihr möglich,

die Tür nach innen zu drücken.

Sekunden später stand sie in der Wohnung.

Sofort drückte sie die Tür wieder lautlos ins Schloss.

Sie blieb stehen, hob den Kopf an und schnupperte.

Dann huschte ein Lächeln über ihre Lippen, denn sie hatte genau das wahrgenommen, wonach sie so gierte.

So roch Blut …

Victor Fleming schleuderte die leere Plastikflasche in den Papierkorb.

„Es wird Zeit, dass ich wieder etwas Anständiges zu trinken bekomme", knurrte er.

„Was denn? Wodka?"

„Zum Beispiel."

Ray Garland schüttelte den Kopf. „Reiß dich zusammen, Mann! Wir können uns keine Sauferei erlauben."

„Aber später."

„Das ist mir egal. Ich will nur nicht, dass deine Hand zittert, wenn du die Bolzen abschießt. Und denk daran, dass sie aufgrund der Silberlegierung verdammt teuer waren."

„Keine Sorge, diesmal läuft es besser."

„Das will ich auch hoffen." Garland war schon angezogen. Er musste nur noch seinen Helm aufsetzen.

Das würde er draußen tun.

So schaute er zu, wie sein Kumpan die Bolzen im Köcher verstaute und ihn zusammen mit der kleinen handlichen Armbrust in einem Kleidersack verstaute. Niemand sollte sehen, womit sie unterwegs waren.

„Fertig?“

Fleming nickte und zog den Reißverschluss zu. Dann hob er den Helm vom Bett hoch.

„Wir können.“

„Gut.“

Das Zimmer hatten sie noch für einen weiteren Tag gemietet und die Rechnung schon im Voraus beglichen.

Nacheinander verließen sie das Hotelzimmer, das Ray Garland abschloss.

Um den Ausgang zu erreichen, mussten sie die schmale Treppe hinabsteigen. Von unten hörten sie das Lachen einer Frau. Sie stand an der Rezeption, sprach mit dem Besitzer und rauchte eine schmale Zigarre. Sie wussten, dass sie als Schauspielerin in einem der kleinen Theater engagiert war, und sie winkte mit der Zigarre, als sie die beiden Männer auf der Treppe sah.

„He, ihr Rocker, geht's wieder los?“

Da Garland den höflichen Menschen spielte, gab er eine freundliche Antwort. „Wir lieben nun mal die Fahrten durch die Dunkelheit, Madam.“

„Kann ich verstehen", meldete sich der Besitzer. Er stand hinter der Rezeption und hatte feuchte Augen bekommen. „Vor Jahren war ich auch mal unterwegs. Aber die Zeiten sind vorbei. In meinem Alter bekommt man leicht das Zipperlein."

„Keine Sorge, da kommen wir auch noch hin."

„Tja, so ist das Leben."

Die Männer verschwanden und waren froh, die frische Abendluft einatmen zu können. Das Licht des Tages hatte sich zurückgezogen. Über London lag der dunkelgraue Himmel der Dämmerung.

Ihre Maschine hatten sie einen Block weiter abgestellt. Dort gab es zwischen den Häusern einen kleinen und gut bewachten Parkplatz.

Der Weg war nicht weit. Mit zügigen Schritten würden sie die Strecke in knapp drei Minuten zurückgelegt haben.

Der Parkplatzwächter hockte in einem kleinen Haus und winkte ihnen zu.

„Na, wieder auf Tour?"

Garland lächelte breit. „Ja, eine Tour durch die Nacht."

„Viel Spaß."

„Danke."

Victor Fleming war schon ein Stück vorgegangen. Er gehörte zu den weniger kommunikativen Menschen. Er stand an der Maschine und wartete auf Garland. Den Helm hatte er bereits aufgesetzt und festgezurrt. Jetzt war er dabei, seine Waffe auszupacken. Der Sack verschwand in einer Box an der rechten Soziusseite.

„Alles klar?“, fragte Garland.

Fleming nickte nur. Er konnte es kaum erwarten …

11

Langeweile kann man mit Schlaf bekämpfen. Daran dachte Doriana. Sie hatte sich hingelegt und war in einen unruhigen Schlaf gefallen, der von zahlreichen Träumen durchdrungen wurde.

Wüste Bilder entstanden. Die Vergangenheit mischte sich mit der Gegenwart. Immer wieder erschien im Hintergrund das Gesicht ihrer Ziehmutter, Mother Shipton, das dann von der Fratze des Malers Kincaid abgelöst wurde, der seine Zähne in ihren Hals geschlagen hatte.

Die einzelnen Szenen huschten vor ihrem geistigen Auge entlang, und es war nichts Positives dabei, an dem sie sich hätte erfreuen können.

Blut – viel Blut kam in den geträumten Geschichten vor. Menschen, die Gewalt ausübten, auch mit archaisch anmutenden Waffen. Wenn es stumme Schreie waren, dann erlebte Doriana sie, und sie sah sich oft im Zentrum, mal als Siegerin, dann wieder als Verliererin.

Aber sie sah auch ein Gesicht. Ein Mann schaute sie an. Ein Polizist, auf dessen Oberlippe ein Bart wuchs. Sie verspürte die Sympathie, die er ihr entgegenbrachte, und dann erfüllte sie ein gutes Gefühl.

Schnell war die andere Seite wieder da. Doriana tauchte ein in eine Vergangenheit, in der Gestalten erschienen, die sie bisher noch nicht gesehen hatte.

Eine Frau, die man als Schönheit bezeichnen konnte. Um sie herum schlug ein gewaltiger Blutsee Wellen, der sie letztendlich verschluckte und dann wieder an die Oberfläche trieb, aus der sie hervorschoss, über und über mit Blut beschmiert.

Diese Traumsequenz riss sie aus dem Schlaf. Doriana hörte sich selbst flüstern und leise schreien.

Sie wechselte in den Wachzustand über, ohne jedoch richtig wach oder sofort aktiv zu sein, denn sie blieb auf dem Rücken liegen und schaute mit offenen Augen gegen die Decke.

Und sie hörte etwas.

In ihrer Brust schlug ein Herz!

Schnell und hart pochend. Die Schläge hinterließen Echos in ihrem Kopf und verursachten leichte Stiche. Sie holte pfeifend Atem. Körperlich fühlte sie sich matt. Ihre Glieder waren schwer geworden, was sie allerdings nicht störte, denn sie wusste, dass das von nun an zu ihrem normalen Leben gehörte.

Der Atemzug hörte sich wie ein Zischen an. Sie wollte sich aufrichten, weil ihre Kehle trocken geworden war. Das tat sie nicht, sie fühlte sich so schwer, als hätte man ihre Glieder mit Blei gefüllt.

Liegen bleiben. Gegen die Decke schauen. Erst mal abwarten und sich dabei erholen. Auf die Uhr schaute sie nicht. Die Zeit war ihr im Moment egal. Doch sie wusste, wo sie lag, und das wiederum ließ die Gedanken an Mason Flint zurückkehren.

Sie lächelte. Es war etwas geschehen, was völlig neu für sie war.

Sie mochte den Mann. Ja, er war ihr nicht gleichgültig. Mason Flint war jemand, auf den man sich verlassen konnte. Es wäre ihr angenehm gewesen, wenn er sich jetzt in ihrer Nähe aufgehalten hätte. Sie wollte jemanden haben, der sie in den Arm nahm und ihr das Gefühl gab, dass sie nicht allein auf der Welt stand.

Ja, es gab diesen Mann. Er war keine Einbildung. Kein Trugschluss. Sie hatte Sex mit ihm gehabt, und das mit einer wahnsinnigen Intensität. Als sie daran dachte, wurde ihr Lächeln noch breiter.

Aber da war der Traum, der im Nachhinein noch seine Schatten auf ihre Erinnerungen warf. Sie hatte etwas gesehen, das ihr unheimlich war. Eine fremde schöne Frau. Dazu das Blut, das sie umgab. Sie spürte plötzlich einen Druck in der Brust, und ihre Hände ballten sich zu Fäusten. Wer war die Schöne?

Doriana ging davon aus, dass der Traum so etwas wie ein Zeichen für die Zukunft war. Sie hatte diese Frau noch nie zuvor gesehen. Jetzt war sie davon überzeugt, dass dieser Traum irgendwann wahr werden würde.

In der Wohnung war es still. Da die Tür nicht geschlossen war, vernahm sie auch keine Geräusche aus den anderen Räumen. Das war für sie irgendwie beruhigend.

Doriana brauchte diese Ruhe, um sich auf die Zukunft vorbereiten zu können. Doch ihr war schon jetzt klar, dass sie kein ruhiges Leben würde führen können.

Noch lag sie auf der Couch. Die Starre, die sie kurz nach dem Erwachen erfasst hatte, war nun verschwunden.

Es war so herrlich und zugleich ungewöhnlich, mal richtig faul sein zu können. Zugleich stieg ein Gefühl der Neugierde in ihr hoch. Sie war gespannt darauf, wie es Mason Flint in der Zwischenzeit ergangen war, und sie hoffte, dass er bald zurückkehrte.

Als sie jetzt zum Fenster schaute, sah sie, dass sich das Tageslicht bereits zurückgezogen hatte. Die Dunkelheit war da.

Die Dunkelheit und die Nacht, das war mal ihre Zeit gewesen!

Jetzt dachte sie anders darüber und …

Etwas hatte sie gestört. Sie konnte nicht genau sagen, was es war, doch sie glaubte nicht, dass es Einbildung gewesen war.

Man hatte ihr eine Warnung geschickt, und mit einem Mal war die Erinnerung an die Träume wieder da.

Sie überwand ihre Starre. Mit einem Ruck erhob sie sich und setzte sich hin.

Sie wandte den Blick vom Fenster ab und schaute zu der nicht ganz geschlossenen Wohnzimmertür hin. Das Geräusch hatte seinen Ursprung hinter der Tür gehabt, wo der kleine Flur lag. Und das bedeutete nichts anderes, als dass jemand in die Wohnung eingedrungen war! Wobei sie davon ausging, dass es sich nicht um Mason Flint handelte, denn er hätte sich sofort bemerkbar gemacht.

Das Geräusch war kaum zu hören und nicht zu identifizieren, aber es war vorhanden, sie bildete es sich nicht ein. Jemand bemühte sich, leise zu sein, was er jedoch nicht ganz schaffte.

Doriana zog die Beine an. Sie wollte sie von der Couch schwingen, um sich zu erheben, als die Tür aufgestoßen wurde.

Auf der Schwelle stand eine Frau, die in der rechten Hand ein Messer hielt.

Frenchy Davies!

Sie sagte nichts, aber sie lächelte und zeigte dabei ihre beiden spitzen Zähne …

Doriana Gray brauchte nicht lange nachzudenken. Sie wusste, was das zu bedeuten hatte. Frenchy wollte Blut, und dass es so weit gekommen war, daran war sie selbst schuld. Sie war es gewesen, die das Blut dieser Frau getrunken und diese somit zum Vampir gemacht hatte. Es war die letzte Nahrung gewesen, die sie als Vampir zu sich genommen hatte.

Und jetzt war sie hier.

Sie war zurückgekehrt wie ein tödlicher Bumerang, und Doriana war nicht einmal besonders überrascht, denn irgendwie hatte sie damit gerechnet.

Seltsamerweise schrie sie nicht auf. Sie war auch nicht sehr erschrocken, und ihr Blick zeigte ein gewisses Interesse, als sie Frenchy anschaute.

Diese sah ziemlich derangiert aus. Zumindest, was ihr Äußeres anging. Aber davon wollte sich Doriana nicht täuschen lassen. Eine Blutsaugerin besaß andere Qualitäten. Da musste sie nicht unbedingt auf ihr Äußeres achten.

Bisher hatte der weibliche Eindringling noch kein Wort gesprochen. Frenchy rührte sich nicht vom Fleck. Und sie sah aus, als könnte sie nicht begreifen, Doriana hier vorgefunden zu haben.

Die Stille dauerte nicht ewig, und es war Frenchy, die sie unterbrach.

„Was machst du hier?“

„Was geht dich das an?“, erwiderte Doriana giftig.

Frenchy Davies zog die Lippen in die Breite, sodass ihre spitzen Vampirzähne sichtbar wurden.

„Du bist nicht allein hier!“, zischte sie. „Ich rieche Blut!“

„Das ist mein Blut!“

„Dein Blut? In deinen Adern kann kein Blut fließen! Du bist eine Vampirin!“

Doriana öffnete ihren Mund, sodass Frenchy ihre Zahnreihen sehen konnte.

„Siehst du bei mir Vampirzähne?“

Frenchy starrte Doriana ungläubig an.

„Du bist keine Vampirin mehr und lebst? Du bist wieder ein Mensch geworden? Was ist mit Mason Flint? Hast du ihn nicht ausgesaugt?“

„Viele Fragen auf einmal, Frenchy. Aber ich habe keine Lust, dir zu erklären, was alles geschehen und wie es dazu gekommen ist, dass ich wieder zum Menschen wurde. Mason ist auch kein Vampir. Ich habe sein Blut nicht getrunken!“

„Dann ist es also dein Blut, das ich rieche?“

Doriana nickte. „So ist es.“

Frenchy Davies begann jetzt zu grinsen.

„Das ist gut“, flüsterte sie. „Dann kann ich dein Blut und auch das von Mason trinken!“

„Denk nicht einmal daran!“, zischte Doriana.

„Oh doch. Ich kann dir versichern, dass mir mein neuer Zustand ungemein gut gefällt. Ich hätte niemals gedacht, dass Menschenblut so köstlich sein kann.“ Sie grinste jetzt und leckte dabei über ihre Lippen. „Ich habe mich schon an mein neues Dasein gewöhnt, und ich möchte es nicht mehr missen."

„Das kann ich mir denken."

Frenchy nickte.

„Du weißt ja, wie das ist. Du bist lange genug als Blutsaugerin durch die Welt gelaufen. Wenn du keine mehr bist, dann werde ich dich eben ablösen. Jetzt bin ich es, die ewig existieren wird. Und dein Blut wird dazu beitragen. Und wenn ich es getrunken habe und du abermals den Vampirkeim in dir trägst, werde ich dir den Kopf abschneiden, denn es würde mir nicht gefallen, dich als Konkurrentin in meiner Nähe zu wissen. Damit musst du dich abfinden."

„Ja, ich habe es gehört."

„Wunderbar, dann ..."

„Moment." Doriana unterbrach sie. „Ich denke, du solltest mich ausreden lassen."

„Bitte, ich bin heute großzügig."

Doriana nickte. „Ich habe lange genug in deinem Zustand gelebt und weiß, was es bedeutet. Ich weiß allerdings noch mehr. Es gibt auch für Blutsauger Grenzen. Nicht jedes Blut ist für einen Vampir bekömmlich. Das solltest du wissen."

„Meinst du dich damit?"

„Ja."

Das Gesicht der Wiedergängerin nahm einen arroganten Ausdruck an. Mit der freien Hand fuhr Frenchy durch ihr Haar, das mal blond gewesen war, zurzeit aber einen Schmutzfilm zeigte, der wie eine grauschwarze Färbung auf den Strähnen klebte.

„Dann scheinst du vergessen zu haben, wie stark ich jetzt bin!“, flüsterte sie. „Es ist mir egal, was für Lügen du mir hier auftischst. Du fürchtest dich vor mir und möchtest mit deinem Gerede deinen Kopf noch einmal aus der Schlinge ziehen!“

„Das ist ein Irrtum deinerseits. Ich habe keine Angst vor dir.“

„Du bist wieder ein Mensch!“

„Ja, das bin ich!“

Frenchy ging jetzt einen kleinen Schritt vor. „Und als Mensch hast du nicht die geringste Chance gegen mich.“

„Vergiss nicht, was ich dir über das Blut gesagt habe.“

Frenchy stutzte bei dieser Erwiderung. Sie wurde leicht unsicher, denn das Gesicht von Doriana zeigte wirklich keine Spur von Furcht.

„Das kannst du nicht begreifen – oder?“

„Du willst dich nur retten.“

„Nein, das will ich nicht. Dazu bin ich mir zu sicher, was mein Blut angeht. Denn ...“, jetzt lächelte

Doriana, „… es ist für dich nicht bekömmlich. Wenn du es trinkst, wird es so sein, als hätte sich ein normaler Mensch Säure in den Mund gekippt. Ich bin gespannt, wie du reagieren wirst."

„Bluff!", keuchte Frenchy und schüttelte den Kopf. „Das ist nichts anderes als Bluff!"

„Meinst du?"

„Ja. Du willst dich nur herausreden. Du weißt, dass du keine andere Chance hast. Aber das wird dir nicht gelingen. Ich bin zu stark. Und ich habe ein Messer. Ich kann dich verletzen, ich kann dich unschädlich machen, dich töten! Aber ich kann mich auch auf dich stürzen und dich leersaugen. Und genau das werde ich tun. Wir sind allein. Hilfe kannst du nicht erwarten. Und wenn ich mit dir fertig bin, werde ich die Wohnung hier nicht verlassen, dann warte ich hier auf Mason Flint. Du glaubst gar nicht, wie ich mich auf ihn freue. Dein Blut und sein Blut. Es wird mir genau die Kraft geben, die ich für meine Zukunft brauche."

Doriana schwieg. Sie wusste, was in Frenchy vorging. Sie selbst hatte sich mal in diesem Zustand befunden, und sie hätte nicht anders gehandelt. Frenchy stand erst am Beginn, und frische Vampire waren unersättlich.

„Alles klar?", flüsterte Frenchy.

Der Glanz in ihren Augen sagte Doriana, dass nichts

sie von ihrem Plan abhalten konnte. Ihr Gesicht hatte den normalen Ausdruck verloren. Erneut ließ sie ihre Zungenspitze sehen, die über die Zahnspitzen huschte.

Dass Doriana saß, war nicht die ideale Haltung, um sich einem Kampf auf Biegen und Brechen stellen zu können. Deshalb musste sie etwas ändern, was sie mit einer blitzschnellen Drehbewegung tat.

Sie schwang die Beine von der Couch. Kaum hatten die Füße den Boden berührt, huschte sie schon zur Seite und glitt dabei an der Längsseite des Tischs entlang.

Frenchy Davies beobachtete jede ihrer Bewegungen und fragte mit heiserer Stimme: „Willst du dich aus dem Fenster stürzen?"

„Nein!"

„Was willst du dann?"

„Dich ein für alle Mal vernichten ..."

Der Tod war unterwegs!

Nur fiel er nicht auf, denn er hatte sich verkleidet und bestand aus zwei Männern, die auf einem Motorrad saßen und durch ein immer dunkler werdendes London fuhren.

Ihr Ziel stand fest. Es war ein bestimmtes Haus, zu dem auch eine Tiefgarage gehörte. Weder Garland noch Fleming wussten, ob sie in die Garage hineinfahren oder ihre Maschine in der Nähe abstellen sollten.

War der Eingang der Garage verschlossen, blieb ihnen nur der Weg durch den Vordereingang des Hauses. Das war ihnen nicht sehr recht. Zu leicht konnte sich jemand für die Maschine interessieren.

Ray Garland fuhr. Hinter ihm hockte Victor Fleming mit der Armbrust. Diesmal musste der Anschlag klappen. Die andere Seite konnte nicht abermals Glück haben, jetzt waren sie mal an der Reihe.

Garland fuhr langsam. Er wollte nicht auffallen. Keine riskanten Überholmanöver.

London war eine Stadt, die nie schlief. Es gab hin und wieder mal kleine Pausen, jedoch nicht am Abend. Da waren noch zu viele berufstätige Menschen unterwegs und verstopften mit ihren Fahrzeugen die Straßen.

Sie nutzten Lücken im Verkehr aus und kamen so recht gut voran.

Ihr Ziel rückte näher. Bald sahen sie das Haus vor sich.

Die Tiefgarage war nicht zu übersehen. Das Haus lag von der eigentlichen Fahrbahn versetzt. Um die Tiefgarage zu erreichen, musste Garland die Maschine über eine breite asphaltierte Zunge lenken, an die sich die Zufahrt anschloss, die bergab führte und vor einem geschlossenen Gittertor endete.

Garland stoppte neben dem Pfosten, in dem sich der

Schlitz für eine Codekarte befand. Nur mit ihr würde sich das Rollgitter öffnen lassen.

Sie besaßen keine Karte, und so blieb ihnen nur der Weg durch den Haupteingang.

Victor Fleming stieg ab. Er schob das Sichtvisier in die Höhe, um sich umzuschauen. Der Eingang lag an der Seite des Hauses. Von dort aus konnte auch die hintere Bebauung des Grundstücks eingesehen werden. Vic blieb überrascht stehen. Von der Straße her war nicht zu erkennen, dass das Gelände so etwas wie ein zur Straße hin offenes Karree war. Vor den Häusern an der Rückseite und denen rechts und links breitete sich eine Grünfläche aus, in deren Mitte sich ein Spielplatz befand.

Etwa fünfzig Meter weiter befand sich ein kleiner Parkplatz, der dem in der Nähe ihrer Pension ähnelte. Vic sah auch die kleine Holzbude, deren Fenster beleuchtet war. Dahinter bewegte sich ein Schatten. Also wurde auch dieser Parkplatz bewacht.

Er ging zurück zu seinem Kumpan. Auch Garland hatte das Visier nach oben geschoben.

„Und?"

„Wir haben Glück. Dort hinten ist ein kleiner, bewachter Parkplatz. Dort ist unsere Maschine sicher."

„Gut."

„Und bis zum Eingang des betreffenden Hauses sind es nur ein paar Meter."

Mehr brauchte Ray Garland nicht zu wissen. Er zog die Maschine herum und fuhr auf den Parkplatz zu.

Fleming ging zum Eingang, dort wollte er auf Ray warten. Den Helm nahm er nicht ab. Man wusste nie, was kam. Wenn sie schnell fliehen mussten, war es besser, den Helm noch zu tragen. Hören war kein Problem.

Er sah, wie Ray vor der Bude anhielt, ein paar Worte mit dem Parkplatzwächter sprach und die Maschine dann gleich hinter der Bude aufbockte.

Victor Fleming wartete in der Nähe des Eingangs. Dass die Haustür verschlossen war, störte ihn nicht weiter. Sie hatten Zeit, und irgendwann würde jemand erscheinen, der das Haus betrat. Das war dann ihre Chance.

Flint wohnte in einer der oberen Etagen. Das hatte er auf dem Klingelschild gelesen. Er ging zudem davon aus, dass dieses Haus einen Aufzug hatte. Eigentlich lief alles genau in ihrem Sinn. Den Rest würden sie auch schaffen.

Garland kehrte zurück. Mit seinem Helm auf dem Kopf wirkte er wie ein Außerirdischer.

„Alles klar, Vic?“

Fleming nickte.

„Gut. Und wie kommen wir rein?“

Bevor Fleming eine Antwort geben konnte, hörten

sie die schnellen Schritte und auch eine Frauenstimme, die mit jemandem sprach.

„Nein, du kannst jetzt nicht mehr raus, Judy. Es ist schon dunkel, und da hast du draußen nichts mehr verloren."

„Aber Helen ist auch …"

„Ich glaube nicht, dass Helens Mutter zulässt, dass ihre Tochter sich im Dunkeln draußen herumtreibt. Außerdem wäre dein Vater sehr sauer, wenn er zu Besuch kommt, um dich zu sehen."

„Pa würde das verstehen."

„Hör auf, Kind. Mach dich jetzt nicht lächerlich. Außerdem siehst du nicht eben sauber aus. Dir würde eine Dusche guttun."

„Immer muss ich tun, was du willst", quengelte die Kleine.

„So ist es. Und das wird auch noch eine Weile so bleiben. Es dauert eben, bis man erwachsen ist."

Die beiden Männer hatten jedes Wort verstanden. Sie selbst waren nicht zu erkennen. Sie verschmolzen mit dem Dunkel der Hauswand.

Weder die Frau noch das Kind schauten dorthin, wo sie standen. Dafür hörten Ray und Vic das klimpernde Geräusch von Schlüsseln. Wenig später war die Haustür offen, und die Frau drückte ihre Tochter zuerst über die Schwelle.

Garland und Fleming standen wie auf dem Sprung. Sie wollten nicht gesehen werden und mussten den richtigen Zeitpunkt abwarten.

Garland hatte sich von der Seite her näher an die Tür herangeschlichen und startete im richtigen Moment. Ihm kam zugute, dass sich die Tür nur schwerfällig bewegte. Bevor sie ins Schloss fiel, schob er seinen rechten Fuß vor und kantete den Schuh hoch. So stoppte er die Tür kurz vor dem Zufallen.

Victor Fleming stand dicht hinter ihm. Beide Männer warteten noch, bis die Stimme des Mädchens verklungen war. Erst dann drückten sie die Tür auf und glitten in das Haus.

Auf beiden Gesichtern zeigte sich ein knappes Lächeln. Danach das kurze Nicken, und anschließend wies Fleming auf den Lift.

„Welche Etage?“, flüsterte er.

Garland sagte es ihm.

„Okay.“

Die Männer waren ein eingespieltes Team. Sie brauchten in der Folgezeit nicht zu reden.

Fleming hielt die Armbrust.

Garland schraubte einen Schalldämpfer auf seine Pistole.

Sie waren fest entschlossen, endlich reinen Tisch zu machen, und sie vertrauten darauf, dass sich auch die Frau aus dem Bentley in der Wohnung des Mannes aufhielt.

Der Lift stoppte. Die beiden Türen öffneten sich automatisch.

Sie traten hinaus.

Der Flur lag leer vor ihnen, was ihnen sehr recht war.

Die Tür zur Wohnung war schnell gefunden. Das Schild mit dem Namen Mason Flint war nicht zu übersehen.

Ein Problem gab es. Die Tür war geschlossen.

„Aufbrechen?“, fragte Fleming.

„Moment noch.“ Garland nahm den Helm ab und legte sein Ohr gegen das Holz. Er lauschte länger als gewöhnlich. Bei der Drehung schaute er seinen Helfer mit einem etwas irritierten Blick an.

„Was ist los?“

„Mir gefallen die Geräusche nicht.“

„Wieso?“

Garland setzte den Helm wieder auf. „Es hört sich an, als würden dort Menschen ...“ Er überlegte ein paar Sekunden. „Ich würde sagen, dass sie sich streiten.“

„Willst du trotzdem schellen?“

„Nein.“

„Also aufbrechen?“

Ray Garland überlegte. Sie hatten sich zwar vorgenommen, nicht viel Aufsehen zu erregen, doch in diesem Fall, wo für sie Eile geboten war, lagen sie mit der Brachialmethode wohl richtig.

Aufbrechen, in die Wohnung stürmen, killen – und weg!

„Entscheide dich, Ray."

„Okay, wir brechen sie auf!"

12

Mason Flint fühlte sich wie nie zuvor in seinem Leben. Er steckte in einer Zwickmühle, die er sich vor Kurzem noch nicht hätte vorstellen können. Da war er noch ein normaler Ermittler gewesen, was jetzt immer noch zutraf, aber relativiert werden musste.

Es gab noch eine andere Seite. Und die einem normalen Menschen zu erklären, war so gut wie unmöglich. Wer glaubte schon an Vampire? Die Leute hatten sie in das Reich der Fantasie verbannt. Zwar liebten sie die schauerlich-schönen Geschichten, aber es waren eben nur Geschichten und keine Tatsachen.

Mason war einer von wenigen Personen, die es besser wussten. Aber würden es auch in Zukunft nur wenige sein?

Diese Frage musste er sich einfach stellen, solange eine Unperson wie Frenchy Davies unterwegs war. Sie lebte vom Blut der Menschen, sie würde einen Keim legen, der sich zu einer Pest ausweiten konnte, wenn sie nicht vorher gefasst wurde.

Aber danach sah es nicht aus. Mason musste davon ausgehen, dass der Keim einer Vampirpest hier in London bereits gelegt worden war. Sie würden nicht immer das Glück haben, einen Menschen zu finden, der zwar blutleer war, aber einen abgeschnittenen Kopf aufwies und so kein Unheil mehr anrichten konnte. Frenchy würde Hunger haben, wobei er diesen Begriff relativierte. Das war schon kein Hunger mehr, sondern die reine Gier.

Mason Flint hatte gelernt, sich in einen Gegner hineinzuversetzen. Da hatte es die entsprechenden Kurse gegeben, doch in diesem Fall klappte das nicht. Er war kein Vampir. Er kannte deren Denkweise nicht, falls sie überhaupt eine hatten und nicht nur von ihrer maßlosen Gier getrieben wurden.

Deshalb fiel es ihm so schwer, eine Lösung zu finden.

Es waren inzwischen eine Nacht und die Helligkeit des Tages vergangen. Er ging davon aus, dass Frenchy wieder hungrig war. Ob sie jedoch in freier Wildbahn jagte, war fraglich. Er konnte sich vorstellen, dass ihr menschliches Denken noch nicht völlig verschwunden war und sie sich besonders daran erinnerte, was in den letzten Tagen oder Stunden ihres menschlichen Daseins geschehen war.

Da gab es zwei Menschen, an die sie sich zuerst halten würde.

Mason Flint und Doriana Gray.

Er konnte sich nicht vorstellen, dass sie ihn und Dorry vergessen hatte. Zu intensiv und prägend waren die Erlebnisse gewesen. Sie abzuschütteln war kaum möglich.

Und deshalb kam ihm der Gedanke, dass Frenchy zwar unterwegs war, aber nicht ziellos. Sie wusste jetzt, wie sie Menschen das Blut aussaugen konnte. Sie hatte sich wahrscheinlich bereits zweimal gesättigt. Sie war sich jetzt sicher und konnte eventuell vorhandene Pläne nun in die Tat umsetzen.

Sie wird versuchen, Doriana oder mich in ihre Gewalt zu bringen.

Der Gedanke war da. Er ließ sich nicht mehr abschütteln. Da konnte er tun, was er wollte, und Mason spürte auch, dass ihn der Gedanke daran innerlich erregte. Das Blut stieg ihm in den Kopf, und er war froh, allein zu sein.

Er würde auch allein vorgehen!

Das hier war ein Fall, der ihn persönlich betraf. Und genau deshalb musste er seinen Weg finden. Was sich daraus entwickelte, stand in den Sternen. Weder ein Martin Curtis noch ein Commander Blake konnten ihm helfen. Je länger er sich mit einem bestimmten Gedanken beschäftigte, umso klarer stand für ihn fest, dass die Last der Verantwortung auf seinen Schultern ruhte.

Sein Blick fiel auf das Telefon. Er spielte mit dem Gedanken, Doriana anzurufen. Es konnte allerdings auch sein, dass es falsch war und sie allein sein wollte, um sich auf ihre neue Situation einzustellen.

Es war manchmal besser, wenn man Menschen überraschte. Eigentlich war die Zeit da, denn der Blick durch das Fenster zeigte ihm, dass sich der Tag zwar noch nicht ganz verabschiedet hatte, die Dunkelheit aber im Vormarsch war.

Mason Flint stand auf. Dabei schoss ihm etwas anderes durch den Kopf. Bisher hatte er sich keine Gedanken darüber gemacht, dass er nicht die Waffen besaß, um Vampire zu vernichten. Er war praktisch in den Fall hineingerutscht, in dem Männer blutleer gesaugt worden waren, um dann durch einen Stich ins Herz zu sterben. Da hatte schon alles auf Vampire hingewiesen, doch Mason hatte es nicht so verinnerlicht, wie es hätte sein müssen. Daher hatte er nicht über irgendwelche Waffen nachgedacht.

Das sah jetzt anders aus!

Er wusste, dass es notwendig war, das Herz der Blutsauger zu treffen, um die Gestalt endgültig zu vernichten. Da gab es den Eichenpflock oder eine Stichwaffe aus geweihtem Silber. Das war ihm bekannt, doch noch kam er sich lächerlich vor, mit diesen Waffen durch London zu laufen.

Mason würde mit jemandem darüber reden müssen, und dafür kam nur Doriana Gray infrage.

Er zog seine Jacke über und verließ das Büro. Wie ein Dieb schlich er aus dem Haus, denn er wollte keinem Vorgesetzten in die Arme laufen, der vielleicht Erklärungen von ihm verlangte.

Flint war immer ein Mann gewesen, der nicht an ein zweites Gesicht glaubte und auch nicht sehr viel von Vorahnungen hielt. Das allerdings hatte sich jetzt geändert.

Er gab plötzlich seinem Gefühl nach. Da brandete etwas in ihm hoch. Er kam sich vor wie jemand, der etwas hinter sich ließ, das über Jahre hinweg seine Heimat gewesen war. Zwar wollte er den Weg nicht völlig verlassen, doch er musste sich innerlich damit abfinden, dass er an einem Scheideweg stand.

Sein Leben würde ab jetzt in eine andere Richtung laufen. In welche, das wusste er nicht, und bei diesem Gedanken brach ihm der Schweiß aus.

Er war froh, als er seinen Wagen erreichte, ohne ein bekanntes Gesicht gesehen zu haben.

Hinter dem Lenkrad fühlte er sich etwas besser. Doch immer noch lag ihm der kalte Schweiß im Nacken.

Sein Ziel war seine Wohnung.

Die abendliche Glitzerwelt der Millionenstadt, die so gut wie nie zur Ruhe kam, empfing Mason. London war eine Metropole. Eine eigene Welt, deren Bevölkerung aus vielen sozialen Schichten bestand. In den unteren hatte Mason bisher gewühlt.

Jetzt stand er wieder vor einer neuen Schicht. Die allerdings war ihm noch ziemlich unbekannt, und er wusste zudem nicht, in welch einen Abgrund sie ihn hineinführen würde.

Es dauerte nicht lange, da veränderte sich sein Verhalten. Er hatte es plötzlich eilig und kam sich vor wie von unsichtbaren Peitschenschlägen angetrieben. Dieses neue Gefühl wollte nicht weichen und verstärkte sich sogar.

Flint wollte seine Wohnung so schnell wie möglich erreichen. Es war für ihn der einzige Fixpunkt in diesem Fall, und er glaubte auch, das Richtige zu tun.

Er kannte London gut. An diesem Abend allerdings verwandelte sich die Stadt in eine fremde Umgebung. Flint fuhr automatisch. Er sah nicht, was draußen vorging. Da tauchten Bilder auf, die sehr schnell wieder verschwanden oder ineinanderglitten. Menschen und andere Fahrzeuge wurden zu Schemen.

Dass er keinen Unfall baute, schrieb er seiner Routine zu, und dann war er froh, endlich sein Wohngebiet erreicht zu haben. Zum Haus, in dem er wohnte, gehörte eine Tiefgarage, in der er einen Parkplatz für seinen Jaguar gemietet hatte.

Er steckte die Chipkarte in den Schlitz des Pfostens und schaute zu, wie sich das Gitter öffnete. Viel zu langsam in diesem Moment. Er spürte Kälte in sich und auch Hitze. Die Feuchtigkeit auf seinen Handflächen wollte nicht verschwinden, und sie hatte auch sichtbare Spuren am Lenkrad hinterlassen.

Endlich rollte der Jaguar in die Garage hinein. Die offene Einfahrt schluckte ihn wie ein gewaltiges Maul. Es gab keinen hohen Himmel mehr über ihm, sondern eine niedrige Decke, die von mehreren Pfeilern gestützt wurde.

Mason lenkte den Jaguar in seine Parktasche. Es ging ihm innerlich nicht besser, als er ausstieg und den Wagen abschloss.

Das nächste Ziel war der Lift.

Noch nie zuvor war Mason so schnell auf die Tür zugelaufen. Er hoffte nur, dass die Kabine unten stand. Doch da hatte er Pech. Er musste sie erst holen.

Das Gefühl, zu spät zu kommen oder das Falsche zu tun, gab es nicht mehr bei ihm. Er hatte sich einmal entschieden. Es gab kein Zurück mehr, und er wollte zudem die Überraschung auf seiner Seite haben.

Endlich war der Lift da.

Sekunden später fuhr er bereits nach oben. Er stand zwar in der Kabine, doch er war nicht ruhig. Immer wieder wischte er über seine Stirn, um sie vom Schweiß zu befreien.

Mason konnte nicht in die Zukunft schauen, nur

war er inzwischen davon überzeugt, dass sie für ihn nicht eben rosig aussah.

Der Lift hielt.

Mason atmete durch.

Dann schwang die Tür auf.

Mason verließ die Kabine – und sah seine schlimmsten Befürchtungen bestätigt …

13

Es heißt, dass Vampire keine Gefühle mehr hätten. Es sei denn, man zählt ihre Gier nach Blut dazu. In diesem Fall wurde alles auf den Kopf gestellt, denn Frenchy Davies zeigte so etwas wie ein Gefühl. Man konnte es als Überraschung ansehen, und die musste sie zunächst verdauen.

Sie hatte mit einer derartigen Antwort nicht gerechnet und blieb stehen wie vom Blitz getroffen. Kein Wort drang zunächst über ihre Lippen, aber dann fing sie sich wieder, und das begann mit einem scharfen Lachen, das sie gegen die Zimmerdecke schickte und dem sie die Antwort folgen ließ.

„Du hast tatsächlich gesagt, dass du mich vernichten willst?"

„Das habe ich."

„Und wie?"

„Du wirst es sehen."

Erneut musste Frenchy lachen. Sie war sich ihrer Sache absolut sicher. „Nein, du hast dich verkalkuliert. So läuft das nicht, meine Liebe, so nicht. Wenn hier jemand wen vernichtet, dann bin ich es, nur ich allein. Du hast vergessen, dass du keine Vampirin mehr bist, aber du solltest dich daran erinnern, dass Menschen gegen Vampire nicht gewinnen können."

„Es gibt Ausnahmen."

„Und du bist eine davon?"

„Probiere es aus!"

Frenchy Davies nickte. „Das werde ich."

Die Antwort schwebte noch in der Luft, als sie bereits einen Schritt nach vorn ging und sich mit dem Messer der ehemaligen Blutsaugerin näherte.

In der Wohnung wurde es still. Doriana hielt die Luft an, weil sie sich voll und ganz auf ihre Feindin konzentrieren wollte. Sie durfte sich keinen Fehler erlauben, denn sie war jetzt verletzbar. Als Vampirin hätte ihr die Klinge nichts getan, als normaler Frau schon, denn jetzt verspürte sie Schmerzen wie jeder andere Mensch auch. Dagegen waren auch Hexen nicht gefeit.

Frenchy bewegte sich mit kleinen Schritten nach vorn. Das Messer hielt sie in der rechten Hand. Ihr Arm wischte in einem angedeuteten Halbkreis von links nach rechts, als wäre sie dabei, sich eine besondere Stelle auszusuchen, wo sie treffen konnte, und sie nahm sich vor, den ersten Angriff überraschend zu führen.

Doriana war ebenfalls nicht stehen geblieben. Sie wollte Frenchy irritieren und hatte sich hinter den Sessel zurückgezogen, der eine recht hohe Lehne hatte. Sie reichte ihr bis über den Bauchnabel. Unter seinen Füßen waren Gleiter befestigt, sodass der Sessel recht leicht verschoben werden konnte.

Dorianas Hände lagen auf der Lehne, was auch Frenchy sah. Wieder verkürzte sie die Distanz. Diesmal mit einem größeren Schritt.

„Du entkommst mir nicht ..."

„Versuch es."

Das Messer zuckte vor. Es war nur eine Finte, nicht mehr, die nächste Aktion allerdings nicht, und die kam nicht von der Blutsaugerin, sondern von Doriana.

Sie stieß den Sessel kraftvoll vor. Jetzt machten sich die Gleiter bemerkbar, denn das Möbelstück huschte auf die Unperson mit dem Messer zu, die keine Anstalten traf, ihm auszuweichen. Sie stoppte den Sessel mit einem Tritt. Dann lachte sie.

„War's das?"

„Nein."

„Dann mach weiter."

Doriana hatte für einen Moment vergessen, welche Kräfte im Körper einer Blutsaugerin steckten. Der Sessel war nicht mehr als ein Spielzeug für Frenchy. Damit hatte sie die Vampirin nicht beeindrucken können.

Frenchy startete. Sie riss den Arm in die Höhe und wollte die Klinge von oben nach unten in den Körper der Hexerin jagen.

Doriana lief ihr entgegen. Sie wusste, dass sie den

richtigen Zeitpunkt abpassen musste, sonst hatte sie verloren, und sie hatte genau richtig reagiert.

Frenchys rechter Arm raste nach unten. Und mit ihm das Messer. Ein Schrei war zu hören und in ihn hinein erklang ein dumpfer Laut, aber nicht, weil das Messer Doriana getroffen hatte. Mit beiden Händen hatte die Hexe den rechten Unterarm der Vampirin zu fassen bekommen, hielt ihn fest und schleuderte Frenchy nach links.

Viel Platz war dort nicht. Die Wiedergängerin taumelte, konnte sich nicht mehr fangen und prallte gegen den Schrank, der die Hälfte der Wandlänge einnahm.

Einige Bücher, die nicht so dicht beisammenstanden, lösten sich und fielen ihr auf den Kopf.

Doriana setzte sofort nach. Diesmal versuchte sie es mit einem Tritt. Sie wollte das Messer treffen, was ihr nicht gelang. Stattdessen erwischte sie die Nase der Vampirin. Sie hörte es knacken und dazwischen einen wütenden Laut.

Frenchy, die halb auf dem Boden hockte und sich am Schrank abstützte, rollte sich zur Seite. So griffen Dorianas zupackende Hände ins Leere, und Frenchy rollte sich wütend schreiend weiter, bis sie mit einem Sprung auf die Beine kam.

Sie hatte noch immer das Messer.

Bei ihrer halben Drehung funkelte die Klinge auf,

was Frenchy auflachen ließ. Der Sessel stand ihr im Weg. Sie nahm sich nicht die Zeit, ihn wegzuräumen. Sie sprang auf die Sitzfläche, drehte sich nach rechts und warf sich nach vorn.

Doriana stand noch immer in unmittelbarer Nähe des Schrankes. Als die Klinge auf sie zuraste, glitt sie zur Seite.

In Schulterhöhe rammte der Stahl in das Holz und blieb stecken.

Frenchy fluchte, hielt den Griff allerdings noch fest. Sie wollte die Waffe wieder hervorziehen, als Dorry zuschlug. Sie hatte sich sogar die Zeit genommen, um auszuholen, und sie traf die Hand an der richtigen Stelle.

Die Finger rutschten vom Griff ab. Sie zogen dabei noch am Griff, der sich senkte.

Doriana schnappte das Messer mit beiden Händen. Jetzt war sie im Vorteil, obwohl ein Messer keine Waffe war, mit dem sie einen Vampir endgültig vernichten konnte.

Sie stach einfach zu.

Da war plötzlich der Widerstand, als die Klinge den linken Arm der Vampirin streifte, aber nicht stecken blieb.

Ein Mensch hätte vor Schmerzen geschrien. Nicht so Frenchy. Es floss auch kein Blut aus der Wunde, der

Vampirin war keine Kraft genommen worden, und als Doriana auf ihren Hals zielte, schlug sie zu.

Der Handrücken traf die Hexerin an der Stirn. Sterne sprühten plötzlich vor ihrem inneren Auge auf, die sie wie ein Blitzgewitter erlebte.

Das nutzte ihre Gegnerin aus. Doriana sah sie nicht, weil sie zu sehr mit sich selbst beschäftigt war. Frenchy bekam den rechten Arm der Hexerin zu packen, drehte ihn auf den Rücken und zerrte ihn dort in die Höhe.

Erneut erlebte Doriana das Menschliche. Der Schmerz flutete hoch bis zu ihrer Schulter. Es gab nur eine Chance für sie, dem Griff zu entkommen. Sie musste das Messer fallen lassen, denn das wollte Frenchy haben.

Sie öffnete den Griff.

Die Waffe rutschte aus ihrer Hand hervor. Begleitet von einem hässlichen Lachen der Blutsaugerin landete sie am Boden, aber Dorrys Arm wurde nicht losgelassen. Frenchy wollte ihn brechen.

Trotz der Schmerzen drang kein Laut über Dorrys Lippen. Sie riss sich zusammen, sie wollte sich keine Blöße geben und hatte Glück, dass sich der Griff etwas lockerte, weil Frenchy abgelenkt war und sich nach dem Messer bückte.

Jetzt oder nie!

Das war die winzige Chance, die Doriana brauchte. Mit einer heftigen und überraschenden Bewegung riss sie sich frei. So schnell wie möglich stolperte sie zur Seite, um aus der Reichweite des Messers zu gelangen.

Sie übersah den Tisch, kippte auf die Platte, rollte sich auf ihr ab und hatte noch so viel Schwung, dass sie auf die nahe stehende Couch prallte.

Frenchy Davies hatte sich gefangen. Und jetzt besaß sie wieder das Messer. Zudem wusste sie, wohin ihre Gegnerin gefallen war. Sie fuhr herum, streckte dabei den Arm mit der Klinge aus, lachte siegessicher und zeigte ihre beiden Vampirhauer.

Doriana war nicht auf der Couch liegen geblieben. Sie hatte den Schwung des Aufpralls ausgenutzt und stand jetzt in der schmalen Lücke zwischen Couch und Tisch.

„Es geht weiter!", flüsterte Frenchy ihr zu. „Bis ich dein Blut getrunken habe und bis zu deinem bitteren Ende." In den nächsten Sekunden zeigte sie, welche Kräfte in ihr steckten. Sie hob mit der freien Hand einen nicht eben leichten Stuhl an und schleuderte ihn aus dem Gelenk hervor auf die Hexerin zu.

Doriana warf sich zum Kopfende hin, und das Möbelstück krachte gegen die Wand. Es war so stabil, dass es nicht zersplitterte, dafür zurückprallte, genau gegen Frenchy, die dem Möbel gefolgt war und nun durch den Rückprall behindert wurde. Der Stuhl stieß gegen ihre Beine, holte sie aber nicht von den Füßen.

Doriana war zu Boden gesprungen. Sie wusste, welche Kräfte im Körper eines Vampirs steckten. Kräfte, die nicht erlahmten, das kannte sie aus eigener Erfahrung.

Dann dachte sie daran, dass sie mit besonderen Kräften ausgestattet war.

Mason Flints Heilung. Ihr Schutzgeist.

Sofort versuchte sie, ihn mit ihren Gedanken herbeizurufen.

Es klappte nicht!

Der Stress war einfach zu groß. Es gelang ihr nicht, sich zu konzentrieren, und um diesen Vorgang in die Wege zu leiten, brauchte sie ihre volle Konzentration.

Das ließ Frenchy nicht zu.

In Reichweite stand sie vor Doriana und bewegte die Klinge wieder von links nach rechts. Nichts deutete darauf hin, wann sie den Angriff starten würde, aber sie triumphierte, und das musste sie einfach ausdrücken.

„Keine Sorge, ich werde dich noch nicht töten. Ich werde dich nur etwas anstechen und dich dann aussaugen.“ Sie lachte.

„Versuch es!“

„Klar.“ Der schnelle Stoß, nur eine Finte.

Aber Doriana reagierte. Sie zuckte zur Seite. Zurück konnte sie nicht. Dort befand sich die Wand mit dem Fenster.

Frenchy hatte ihren Spaß. Sie warf das Messer mal in die linke, dann in die rechte Hand, und sie zischte ihrer Feindin zu: „Na, siehst du deine Chance? Willst du mich nicht angreifen, wenn das Messer in der Luft ist? Das ist es doch."

„Du kannst nicht gewinnen."

„Und ob ich das kann."

Der Stich. Diesmal mit der linken Hand. Gedankenschnell ausgeführt.

Die Hexerin reagierte instinktiv. Sie riss ihr rechtes Bein hoch, drehte sich dabei etwas zur Seite und setzte den Tritt leicht schräg an.

Treffer!

Der Schuh traf nicht das Messer, sondern das Gelenk. Schmerzen verspürte Frenchy nicht, doch auch sie musste sich den Gesetzen der Physik beugen. Der Messerarm wurde in die Höhe geschleudert, und Dorry setzte sofort nach.

Kraftvoll trat sie der Blutsaugerin in den Bauch. Ein Mensch hätte geröchelt oder wäre zusammengesackt, das war bei Frenchy nicht der Fall. Sie nahm den Tritt hin, musste aber zurückweichen und verschaffte Dorry damit eine kurze Pause.

Sie schnappte sich ein Kissen.

In dem Augenblick, als Frenchy vorsprang, schleuderte sie es auf sie zu.

Das Messer wühlte sich in das Kissen hinein. Es verhakte sich und schaute auch nicht mit der Spitze an der anderen Seite wieder hervor.

Dorry setzte nach.

Sie griff nach einer Vase. Ein schweres Ding, das aus Kristallglas bestand.

Damit schlug sie zu.

Bevor Frenchy das Kissen abschütteln konnte, erwischte sie die Vase. Das Gesicht wurde in der oberen Hälfte getroffen. Haut riss auf, der Schlag hinterließ einen hörbaren Laut, und es war die Frage, ob ein Mensch ihn überlebt hätte.

Anders die Vampirin. Sie überlebte. Sie torkelte nur zurück und rutschte an der Längsseite der Schrankwand entlang, wobei sie für einen Moment die Übersicht verlor.

Doriana sah ihre Chance gekommen. Um zur Tür zu gelangen, musste sie an Frenchy vorbei. Sie wollte nicht fliehen, aber sie brauchte eine Waffe, und die fand sie nur in der Küche. Es waren nur ein paar Schritte, aber es konnte auch ein Weg in die Hölle sein.

Die Wiedergängerin schrie vor Wut auf. Erst jetzt schaffte sie es, das Messer von dem Kissen zu befreien.

Das Kissen landete am Boden, die Klinge lag wieder frei, und Frenchy stieß zu, wobei aus ihrem Mund ein Zischlaut drang.

Vor der Tür musste sich Dorry zur Seite werfen. Sie geriet aus dem Laufrhythmus, aber sie hielt sich auf den Beinen. Der nächste Sprung brachte sie der Tür näher, und sie wusste, wie nah ihr das Messer war.

In diesem Augenblick gab es einen Krach, den beide nicht erwartet hatten.

Doriana, die nach vorn gefallen war und über die Schwelle in den Flur schaute, sah, dass die Eingangstür in die Wohnung krachte und plötzlich zwei bewaffnete Männer erschienen, die Helme mit hochgeklappten Visieren auf ihren Köpfen trugen. Der eine Blick reichte ihr aus.

Die beiden lästigen Verfolger aus der letzten Nacht waren da!

Victor Fleming grinste. „Lass mich das machen!"

„Okay." Garland wusste, dass Fleming der Kräftigere von ihnen war. Es war jetzt die Zeit gekommen, an der Rücksicht fehl am Platze war. Sie mussten es beenden, und es war ihnen egal, ob Nachbarn aufmerksam wurden oder nicht.

Ray schaute noch mal zurück in den Hausflur. Er war leer. Nur von unten hörten sie ein Geräusch.

„Los!“

Fleming nahm nur einen kurzen Anlauf. Er wusste, was er sich zutrauen konnte. Drei Schritte, dann der Sprung, der beinahe schon einem kurzen Flug glich.

Er prallte gegen die Tür. Die Erschütterung ließ sie erzittern. Victor fluchte und nahm einen erneuten Anlauf. Wieder das Anrennen, wieder der Sprung, dem der Aufprall folgte.

Diesmal klappte es.

Die Tür brach mit einem Splittern aus dem Schloss. In das laute Geräusch mischte sich der Triumphschrei des Mannes, der abrutschte, zu stürzen drohte und von dem ihm folgenden Ray Garland wieder in die Höhe gerissen wurde.

Beide hasteten in den Flur, und beide sahen, was in der Wohnung los war, wobei sie ihren Augen kaum trauen konnten.

Der Blick ins Wohnzimmer war frei. Sie sahen nicht nur eine Frau, sondern zwei. Eine kniete auf der Schwelle der offenen Tür am Boden. Es war die, die sie suchten.

Die zweite Frau stand hinter ihr im Wohnzimmer. Eine Blonde, die ziemlich angeschlagen aussah. Aber sie hielt ein Messer mit einer langen Schneide in der Hand.

Sie sahen so überrascht aus, dass ihre Gesichter

beinahe lächerlich wirkten. Diese Zeitspanne nutzten die beiden Eindringlinge aus.

Ray huschte an seinem Kumpan vorbei. Er riss Doriana mit einer Hand in die Höhe und schleuderte sie zurück ins Wohnzimmer. Dorry fiel auf den Rücken, wälzte sich herum und kroch zu einem Sessel.

Victor Fleming hatte einen Bolzen aus dem kleinen Köcher geholt und ihn aufgelegt, nachdem er die Armbrust gespannt hatte.

Es war keine sehr große Waffe, aber die Durchschlagskraft des Bolzens war groß genug, um sich tief in einen Körper hineinzubohren.

Ray kümmerte sich um Doriana. „Bleib im Sessel sitzen und rühr dich nicht von der Stelle!"

„Ist schon okay, ist schon okay. Aber ihr begeht einen Fehler!"

„Ach? Meinst du?"

„Ja."

Er machte das Spiel mit. „Welchen denn?"

„Ich bin nicht die, für die ihr mich haltet. Ihr seid einem Irrtum aufgesessen."

Garland sagte zunächst nichts. Er glotzte nur in das Gesicht der dunkelhaarigen Frau, und als er das Lachen der Blonden hörte, schaute er zur Seite.

Sie hielt noch immer das Messer in der Hand. Sie stand neben dem Schrank und hatte ihren Spaß. Da war es ihr auch egal, dass Victor Fleming mit der Armbrust auf ihren Kopf zielte.

Auch Fleming spürte Ärger in sich hochsteigen. „Was soll das?"

Frenchy drehte sich zu dem Mann vor Doriana um und lachte weiter.

Garland schaute sie an. Dass die beiden Frauen miteinander gekämpft hatten, war ihnen anzusehen. Aber Ray Garland sah noch mehr. Er starrte auf den weit geöffneten Mund der Blonden. Frenchy hatte ihre Oberlippe zurückgezogen, um sich besser präsentieren zu können.

Garland wollte es kaum glauben.

Zwei Zähne – lange Vampirzähne mit gefährlichen Spitzen!

In diesem Moment begriff er kaum etwas. Was war hier los? Wer saugte hier das Blut? Die Blonde oder die Schwarzhaarige? Oder sogar beide? War das hier ein Vampirnest?

Auch Fleming hatte es gesehen.

„Ich bringe es zu Ende, Ray!"

„Nein, noch nicht! Warte!"

„Warum?"

„Weil ich erst Klarheit haben will. Kann sein, dass wir beide killen müssen."

„Dann nehme ich die Blonde."

„Gleich."

Doriana saß im Sessel. Sie kam sich wie eine Beobachterin vor, die im Moment nur eine Statistenrolle spielte. Das allerdings änderte sich, weil Ray sie barsch anfuhr.

„Reiß dein Maul auf!"

Nichts, was Doriana in diesem Augenblick lieber getan hätte. Sie öffnete ihren Mund so weit wie möglich, sodass Garland und Fleming ihr ganzes Gebiss zu sehen bekamen.

Es war normal!

„Scheiße!", kommentierte Vic. „Sie hat keine spitzen Zähne. Sie ist keine Vampirin. Man hat uns zu der Falschen geschickt."

„Das glaube ich nicht."

Victor war nervös geworden. Schweiß lag auf seiner Stirn. „Es ist aber so!", schrie er. „Wir sind verarscht worden. Das ist eine normale Frau, aber keine, die Blut trinkt."

Auch Garland schwitzte. Offiziell wollte er es nicht zugeben, aber wenn er auf die Dunkelhaarige schielte, die sie verfolgt hatten, dann musste er sich eingestehen, dass sein Kumpan sich nicht geirrt hatte. Da gab es wirklich keine Vampirhauer zu sehen, und der Gedanke trieb nicht nur das Blut in seinen Kopf, er wusste momentan nicht, wie er reagieren sollte.

Doriana, die sich bisher nicht bewegt hatte, fasste den Mut, dies zu ändern.

„Es stimmt“, erklärte sie. „Ich bin keine Blutsaugerin. Ich denke, dass ihr euch geirrt habt.“

„Das glaube ich nicht“, flüsterte Ray Garland.

„Dann schau ihr doch ins Maul!“, schrie Fleming.

Ray konnte hinsehen, solange er wollte. Das Bild veränderte sich nicht. Es gab keine Vampirzähne im Gebiss. Das machte den beiden Killern zu schaffen.

„Wir können sie trotzdem killen, Ray.“

„Ja, das denke ich auch. Ein Bolzen und eine Kugel, das wird reichen.“

„Meint ihr?“

Zum ersten Mal seit einer Weile meldete sich Frenchy. Sie hatte bisher amüsiert zugehört. Jetzt sah sie ihre Zeit gekommen, um einzugreifen.

Ray starrte sie an.

Der Mund der Blonden war halb geschlossen, und trotzdem schauten die beiden Zahnspitzen hervor. Sie wollte bewusst auf sich aufmerksam machen.

„Wer bist du?“, flüsterte Ray scharf und zielte dabei auf ihren Kopf. Die Waffe mit dem Schalldämpfer hielt er mit beiden Händen fest, um jedes Zittern zu vermeiden.

„Warum willst du das wissen?“

„Weil ich dich hasse! Und ich kenne gern die Namen von Personen, die ich hasse."

„Und warum hasst du mich?" Frenchy hatte den Klang ihrer Stimme verändert. Er war jetzt weich und lockend.

„Weil ich Vampire hasse!"

„Ach ja …?"

„Genau. Denn ich bin das, was man einen Vampirjäger nennt. Vic und ich sind unterwegs, um Typen wie dich zu killen. Am liebsten mit den Bolzen, die aus einer Silberlegierung bestehen. Aber ich verschieße auch Kugeln, die dich kampfunfähig machen können."

„He, warum jagst du uns denn?"

„Weil es unser Job ist."

„Gut für euch. Und wer bezahlt euch?"

Doriana Gray hatte der Unterhaltung mit großer Spannung zugehört. Was sie erfahren hatte, war neu für sie.

Ray Garland schüttelte den Kopf.

„Du wirst von mir keine Antwort bekommen. Man lässt uns freie Hand. Wir wollen nicht, dass irgendwelche Blutsauger die Welt unsicher machen. Wehret den Anfängen, heißt es. Und deshalb hast du jetzt Pech gehabt."

„Dann schieß!"

„Das werde ich auch!"

Frenchy trieb es auf die Spitze, als sie den rechten

Arm bewegte und die Hand mit dem Messer anhob. „Was glaubst du, wer schneller ist? Ich mit dem Messer oder du mit der Kugel?“

Es wäre für Garland und Fleming an der Zeit gewesen, die Dinge hinter sich zu bringen, aber Ray zögerte noch. Er wollte noch etwas wissen, denn er war der Vampirjäger. Man hatte ihm den Auftrag gegeben, die verfluchte Brut auszulöschen. Doch hier hatte er Verhältnisse vorgefunden, mit denen er nicht hatte rechnen können.

Wieso war diese Doriana keine Blutsaugerin mehr? Das gab es doch nicht. Sie waren schon länger hinter ihr her. Ihr Auftraggeber hatte ihnen einiges über sie berichtet. Sie war echt gewesen, da war er sich sicher, und als Vampirin bildete man sich nicht so einfach zurück. Da musste schon mehr geschehen sein. Ihn wurmte es, weil er es nicht wusste. Da er sich in seiner Rolle als Vampirjäger sah, wollte er mehr erfahren.

Frenchy hatte gesehen, dass sein Blick zwischen Doriana und ihr stetig wechselte, und sie lachte wieder leise.

„Warum die Blonde und nicht du?“, herrschte Garland Doriana an.

„Nimm es so hin“, erklärte sie.

„Oh nein, das werde ich nicht. Ich weiß, dass du zu den Wiedergängern gehört hast. Ich weiß es genau, und ich verspreche dir, dass du noch reden wirst."

„Sie hat mein Blut getrunken", meldete sich Frenchy kichernd. „Es hat ihr gemundet. Und sie hat mir so etwas wie das ewige Leben geschenkt. Eigentlich muss ich ihr dankbar sein."

„Du wirst es gleich nicht mehr haben."

Frenchy lachte. „Messer oder Kugel?"

Ray Garland reagierte eiskalt.

„Kugel!", erklärte er und drückte ab …

Mason Flints Augen wurden groß, als er auf seine Wohnungstür schaute. Im ersten Augenblick wollte er es nicht glauben, aber das Bild blieb.

Offenbar hatte man das Schloss mit einem Fußtritt gesprengt, und es hatte auch keine Zeugen für diesen Einbruch gegeben, denn andere Menschen hatten ihre Wohnungen nicht verlassen, um nachzusehen, was dieser Krach zu bedeuten hatte.

Einem ersten Impuls folgend hatte Mason auf die zerstörte Tür zulaufen wollen. Er hatte bereits den ersten Schritt hinter sich gebracht, als er es sich anders überlegte, weil er plötzlich Stimmen vernahm.

Die Stimmen von Männern und von Frauen, wobei Letztere ihm bekannt waren. Er hörte Doriana etwas sagen, aber auch Frenchy Davies, und das ließ ihn innerlich erstarren.

Frenchy? Wieso?

Mason musste nicht lange nachdenken. Sie und er waren mal ein Paar gewesen, und das hatte sie sicher auch in ihrer neuen Existenz nicht vergessen. Sie wusste, wohin sie sich wenden musste. Schließlich besaß sie einen Schlüssel zu seiner Wohnung. Wahrscheinlich hatte sie geglaubt, ihn hier vorzufinden. Das Blut des ehemaligen Geliebten trinken zu können, musste für sie ein Hochgenuss sein. Dann aber musste sie auf Doriana getroffen sein.

Aber wer waren die Männer?

Er schlich jetzt lautlos näher. Die Glock glitt wie von allein in seine Hand. Am linken Türpfosten hielt er an.

Es wurde noch immer gesprochen, deshalb tat er auch noch nichts. Er wollte so viel wie möglich erfahren.

Es war gut, dass er nichts überstürzt hatte. So erfuhr er, dass die beiden Männer Vampirjäger waren. Er dachte sofort einen Schritt weiter. Aus Lust und Liebe taten sie das bestimmt nicht, und so ging er davon aus, dass hinter ihnen eine Organisation steckte, die ihm bisher unbekannt war.

Er merkte auch, dass sich die Szene allmählich dem Höhepunkt näherte. Lange würde es mit Sicherheit nicht mehr nur beim Reden bleiben. Da musste einfach bald etwas geschehen.

Frenchy trieb es auf die Spitze. Sie wollte wohl beweisen, wie stark sie war.

Jemand schoss.

Es war kein lauter Knall, den Mason Flint hörte. Aber er kannte dieses leise Geräusch, das sich anhörte, als wäre ein Korken aus dem Flaschenhals gesprungen.

Schalldämpfer!

Er wartete keine Sekunde länger.

Aber er sprang nicht wie ein Derwisch in die Wohnung, sondern ging cool und methodisch vor ...

Ray Garland war ein guter Schütze. Die Kugel hatte Frenchy Davies da erwischt, wo er es wollte. In der Brust und dicht unter dem Hals war sie eingeschlagen, noch bevor Frenchy das Messer werfen konnte.

Die Einschlagwucht der Kugel trieb sie bis zum Fenster zurück. Sie hätte zusammenbrechen müssen, doch das tat sie nicht, sondern richtete sich mit einer heftigen Bewegung wieder auf, als wollte sie Garland ihr Einschussloch präsentieren. Dabei lachte sie ihn an.

Garland verzog den Mund, mehr nicht. Er ließ sich nicht irritieren, denn er wusste Bescheid. Man hatte ihn und seinen Kumpan nicht ahnungslos auf die Vampirjagd geschickt.

Frenchy fing sich schnell. Sie warf das Messer von der rechten Hand in die linke. In ihren Augen lag ein böser Ausdruck. Sie hatte ihren Wunsch, das Blut eines Menschen zu trinken, um noch stärker zu werden, keineswegs aufgegeben.

Sie stieß sich von der Wand ab, als Ray Garland sagte: „Gib ihr den Bolzen, Vic!“

Darauf hatte Fleming gewartet. Nur dass er jetzt auf eine ihm völlig fremde Vampirin anlegen musste, das begriff er nicht. Er wollte darüber auch nicht weiter nachdenken.

Der Bolzen lag bereits schussbereit. Er konzentrierte sich auf die linke Brustseite der Blonden, auf das Herz der Untoten – und drückte ab.

In derselben Sekunde erwischte es auch ihn. Er hatte damit nicht rechnen können. Er hatte im Rücken keine Augen, denn von dort erhielt er den Stoß.

Er schoss und taumelte.

Der Bolzen verließ die Sehne, traf ein Ziel. Nur nicht Frenchy Davies. Er jagte in die Rückenlehne eines Sessels …

Mason Flint war in seine eigene Wohnung geschlichen, weil er sich zunächst einen Überblick verschaffen wollte. Es war ihm in Fleisch und Blut übergegangen, auch in extremen Situationen einen klaren Kopf zu bewahren.

Vier Personen.

Zwei Männer, die Motorradkluft trugen. Hinzu kam Doriana – und auch Frenchy Davies sah er. Sie stand in der Nähe des Fensters. Deutlich sah er das Loch in der leichten Lederjacke unter ihrer linken Schulter, das von einer Pistolenkugel gestanzt worden war.

Der zweite Killer legte an.

Armbrust!

Das kannte Mason bereits. Noch hatte niemand Augen für ihn. Er sah, dass der Killer mit der Armbrust auf Frenchy zielte, und im nächsten Moment stieß sich Mason ab. Ein Sprung, ein Treffer.

Der Bolzen jagte von der Sehne. Er traf nur nicht, sondern schlug in die dick gepolsterte Lehne eines Sessels.

Der Mann, der geschossen hatte, schrie vor Überraschung auf. Er wollte sich herumwerfen und schaffte es nur halb, denn Mason rammte ihm seine Glock in den Magen. Da half ihm auch die gepolsterte Bikerjacke nicht.

Fleming sackte in die Knie und schnappte nach Luft. Ein weiterer Tritt gegen die Brust, der auch noch über sein Kinn schrammte, ließ ihn einen gurgelnden Laut ausstoßen. Mason hatte hart zugetreten, und er wusste, dass der Mann für die nächsten Minuten außer Gefecht gesetzt war.

Er hörte das Lachen des zweiten Killers. Es klang

hinter ihm auf, und Flint fuhr mit gezogener Waffe herum.

Die Waffe mit dem Schalldämpfer war auf ihn gerichtet. Plötzlich schwebte er zwischen Leben und Tod. Er würde nie schneller als der Killer sein, denn er hätte seine Glock erst noch hochreißen müssen.

Doriana war schneller.

Ein Fußtritt reichte aus. Sie holte den Mann von den Beinen, der die Übersicht verlor und nach hinten kippte.

„Kümmere dich um ihn!“, rief Doriana und wartete nicht erst ab, ob Mason es auch tat.

Der sah den Mann am Boden, aber er wusste, dass er noch nicht ausgeschaltet war. Mason sprang mit beiden Füßen zugleich auf den rechten Unterarm des Killers, der noch am Boden lag.

Innerhalb der Helmöffnung verzerrte sich das Gesicht des Killers, aber Mason gab nicht nach. Noch ein wenig mehr Druck, und das Handgelenk des Killers wäre nicht mehr zu gebrauchen gewesen.

Der Mann wusste, was er zu tun hatte. Er öffnete die Faust, und Mason konnte ihm die Waffe aus der Hand treten. Er ging in die Knie und drückte dem Killer die Glock gegen das Kinn.

„Eine dumme Bewegung, und es hat dich gegeben!“

Garland gab keine Antwort. Von seinem Kumpan

konnte er keine Hilfe erwarten. Der lag stöhnend am Boden. Es würde dauern, bis er sich erholt hatte.

Flint konnte es sich leisten, woanders hinzuschauen, denn es gab nicht nur ihn, sondern noch die beiden Frauen, und die waren bestimmt keine Freundinnen …

Doriana Gray war froh gewesen, dass sich Mason Flint um die beiden Männer kümmerte. Sie behielt Frenchy Davies im Auge. Sie wusste, dass die Kugel, die in Frenchys Körper steckte, die Vampirin nicht einmal behindern würde.

Frenchy hatte sich nicht vom Fenster wegbewegt. Die Scheibe befand sich weiterhin in ihrem Rücken. Auf ihrem Gesicht lag ein verzerrtes Grinsen. Das ganze Geschehen schien ihr Spaß zu bereiten.

Die Frauen starrten sich an. Plötzlich war die Spannung zum Greifen. Doriana sah nur Frenchy, bei der das Grinsen aus dem Gesicht verschwand. Sie starrte ihre Feindin an, und die Hexerin erkannte, dass die Blutsaugerin dabei war, ihre Chance abzuwägen.

Sie ging einen Schritt vor und fragte kehlig: „Willst du mein Blut trinken, so wie ich es mit deinem getan habe? Willst du das? Okay, dann komm. Ich warte darauf. Zeig mir endlich, wie stark du bist." Sie breitete die Arme aus und präsentierte ihren Körper bewusst deckungslos. Dabei leuchteten ihre Augen.

Frenchy sah es. Ihre Feindin schien sich auf einen Kampf zu freuen.

Sie duckte sich leicht.

Doriana ging noch weiter vor. Der nächste Schritt. Sie hob das Bein an, schob es nach vorn, aber sie setzte es nicht mehr auf, denn sie verwandelte die Gehbewegung in einen Sprung.

Frenchy hatte es erwartet. Sie riss die Arme hoch. Sie stellte sich auf Gegenwehr ein. Sie wollte die Hexerin abblocken, packen und zubeißen.

Die Täuschung gelang.

Doriana hatte sich nicht Frenchy ausgesucht. Der Sessel war ihr Ziel, denn in ihm steckte der Bolzen, den sie mit einem Griff packte und aus der Polsterung riss. Sie hatte sich bei dieser Aktion leicht gebückt und schnellte jetzt aus dieser Haltung in die Höhe und auf Frenchy zu.

Trotz ihrer Aufmerksamkeit wurde Frenchy völlig überrascht. Sie sah den Körper der Hexerin dicht vor sich in die Höhe wachsen, und sie sah den Bolzen in der rechten Hand.

Frenchy wollte sich zur Seite drehen. Sie schaffte es nicht mehr.

Doriana wusste, was sie zu tun hatte. Sie war auf Frenchys linke Brustseite fixiert. Sie sah, dass die Vampirin den Arm anhob, weil sie erkannt hatte, was ihr bevorstand. Aber sie war zu langsam. Die Abwehrbewegung kam zu spät. Dicht an ihrem Handrücken fuhr der Bolzen vorbei und bohrte sich in einem schrägen Winkel tief in die linke Brustseite der Blutsaugerin.

Dort befand sich das Herz!

Es schlug zwar nicht mehr, aber es war die Zentrale des Vampirkörpers, die ausgeschaltet werden musste, wenn man einen Vampir vernichten wollte.

Und der Bolzen bestand aus einer Silberlegierung. Sie reichte, um Frenchy endgültig in den Tod zu schicken.

Doriana ließ den in der Brust steckenden Bolzen los.

Sie wich einen Schritt zurück, denn sie wollte sehen, ob das geschah, was sie hatte erreichen wollen.

Frenchy stand noch auf den Beinen. Genau in der Lücke zwischen Sessel und Fenster. Aus ihrer Brust ragte der Bolzen, dessen Spitze das Herz durchbohrt hatte.

Zwei Hände umklammerten ihn. Frenchy versuchte, gegen ihr Schicksal anzukämpfen. Sie wollte den Bolzen aus der Brust reißen und so ihre letzte Chance nutzen, die es jedoch nicht gab.

Ihr Wesen war bereits zerstört worden. Es gab sie nicht mehr als Blutsaugerin.

Sie riss den Mund auf. Die weit geöffneten Augen glichen verdrehten Kreisen. In ihrer Kehle entstanden gurgelnde Laute. Frenchy schwankte heftig, dann gaben ihre Knie nach, und sie sackte zusammen. Es war für sie der Anfang vom Ende.

Sie fiel zu Boden. Weg vom Sessel, sodass sie für jeden zu sehen war. Der Schwung hatte sie auf den Rücken gerollt. Aus ihrer linken Brustseite ragte der Schaft des Armbrustbolzens wie ein Mahnmal in die Höhe.

Es gab keine Frenchy Davies mehr als Vampirin, sondern nur noch als Tote …

14

Mason Flint kniete noch immer an derselben Stelle. Die Mündung seiner Glock hielt er nach wie vor gegen das Kinn des Killers gepresst.

Sein Blick war von Ray Garland, der sich nicht zu rühren wagte, abgewandt. Er hatte in diesem Moment nur Augen für die tote Frenchy Davies.

Da lag sie. Völlig starr, und sie würde sich nie mehr erheben. Es war aus mit ihr, und auch die Zeit, die beide miteinander verbracht hatten, war endgültig vorbei.

In Flints Magen breitete sich ein Druck aus. Sein Herz schlug schneller als gewöhnlich. Erinnerungen stiegen in ihm hoch und produzierten in seinem Kopf Bilder aus der Vergangenheit. Er sah sich und Frenchy im Urlaub am Strand. Dann die wunderbaren Essen, die sie zu zweit genossen hatten. Er hörte ihr Lachen, als wollte seine Psyche nicht akzeptieren, dass es Frenchy nicht mehr gab.

Nie mehr ihr Lachen hören. Nie mehr ihren weichen Körper spüren. Nie mehr ihre heißen Küsse schmecken.

Vorbei ...

Und was kam jetzt?

Ihm wurde leicht übel, als er daran dachte, denn er wusste es nicht. Mason war sich nur sicher, dass er den alten Weg verlassen hatte und jetzt ein neuer vor ihm lag.

Ohne Frenchy, dafür mit Doriana!

Er sah, dass sich Doriana bewegte. Sie ging auf ihn zu, und ihrem Gesichtsausdruck war abzulesen, dass sie ahnte, was in ihm vorging. Sie lächelte ihm zu, doch sein Gesicht blieb starr.

Dann hatte sie die Waffe mit dem Schalldämpfer erreicht. Sie hob sie auf und behielt sie in der Hand.

„Geh zu ihr, Mason. Nimm Abschied. Ich halte die beiden Kerle in Schach."

„Danke."

Mason erkannte seine Stimme kaum wieder. Als er sich erhob, kam er sich vor wie ein alter Mann. In seinem Kopf rauschte es, und für einen Moment sah er die Umgebung nur verschwommen.

Das änderte sich schnell, als er die ersten Schritte ging. Es war für ihn ein schwerer Weg, denn die gemeinsame Zeit mit Frenchy konnte er nicht so einfach über Bord werfen.

Er kniete sich neben die Tote.

Wenn ein Blutsauger, durch welche taugliche Waffe auch immer, vernichtet wird, dann löst er sich auf. So sagten es die alten Gesetze.

Das traf jedoch hier nicht zu. Frenchy war noch nicht lange genug verwandelt gewesen. Sie behielt ihr menschliches Aussehen.

Nur etwas hatte sich verändert. Es gab die beiden langen Zähne in ihrem Oberkiefer nicht mehr. Das Gebiss sah wieder normal aus. Nur Frenchys Haut schien an einigen Stellen gelbliche Flecken zu haben, das war alles.

Sein Blick traf das Gesicht der Toten. Es war nur noch eine starre Maske. Ihre Augen standen offen, doch in ihrem Blick war kein Glanz mehr zu sehen.

Sie war tatsächlich gestorben, und sie sah auch so aus wie eine Tote.

Plötzlich verspürte er den Drang, einige Worte des Abschieds zu sagen. Er musste ein paarmal schlucken, bis ihm die richtigen Worte einfielen. Es glich trotzdem einem Gestotter, doch das war ihm in diesen Augenblicken egal.

„Wo immer du jetzt auch bist, Frenchy, ich hoffe nur, dass es dir gut geht. Ich habe es nicht ändern können. Das Schicksal hat sich gegen uns gestellt. Ich weiß jetzt mehr, und ich weiß auch, dass ich am Beginn eines neuen Weges stehe. Wo er endet, kann ich dir nicht sagen, ich hoffe nur, dass du deine Ruhe gefunden hast."

Mehr wusste er nicht zu sagen, er hob die Schultern und schloss Frenchy Davies die Augen.

Es war das Einzige, was er noch für sie tun konnte.

Dann legte er seine Hand auf die Sessellehne, stützte sich ab und erhob sich.

Er drehte sich zur Seite und sah, dass Doriana ihn anschaute.

„Das Kapitel ist abgeschlossen, Mason, aber ein neues wurde aufgeschlagen. Du lebst, ich lebe auch, und wir beide wissen, dass es weitergehen muss."

„Sicher."

„Dann wollen wir gleich mal mit unseren beiden Freunden hier anfangen, die so wahnsinnig scharf darauf waren, mich zu töten. Ich bin gespannt, was sie uns zu sagen haben ..."

Mason hatte seine Glock weggesteckt. Jetzt holte er sie wieder hervor, und so wurden Fleming und Garland von zwei Waffen in Schach gehalten.

Mason hatte sich einen innerlichen Ruck geben müssen, um sich wieder zu konzentrieren. Es fiel ihm nach wie vor schwer, Frenchy zu vergessen, aber das Leben ging weiter.

„Okay, ihr habt euch lange genug ausgeruht", sagte er. „Ihr wisst auch, wie der Hase läuft. Steht auf und setzt euch auf die Couch. Die Hände legt ihr hinter den Kopf."

Sie taten es. Sie sagten dabei nichts, doch auf ihren Gesichtern lag ein Grinsen. Noch trugen sie ihre

Helme, und Mason erlaubte es ihnen, sie abzunehmen. Sie stellten sie auf den Tisch.

Zum ersten Mal sahen Doriana und Mason sie genauer. Der Größere von ihnen hatte dichtes rötliches Haar. Die grünen Augen sahen einfach nur kalt aus.

Der Zweite war kleiner, aber breiter in den Schultern. Er hatte die Armbrust geführt, die jetzt unerreichbar für ihn auf dem Boden lag. Auffällig war die schlecht verheilte feuerrote Narbe an seinem Hals. Er hatte kaum Haare auf dem Kopf.

„Ich denke, dass ihr uns einiges zu erzählen habt", begann Mason. „Zunächst will ich eure Namen wissen."

Die beiden Killer schauten sich an. Sie grinsten dann, und der Rothaarige sprach zuerst.

„Ray Garland."

Mason nickte und fragte den anderen. „Und du?"

„Victor Fleming."

Mason kannte jetzt beide Namen. Er hatte sie zuvor noch nie gehört. Ihm waren so einige Typen bekannt, die sich in der Stadt einen schlechten Ruf erworben hatten, bei diesen beiden musste er passen.

Deshalb wandte er sich an Doriana. „Sagen dir die Namen der Typen etwas?"

„Nein."

„Okay." Flint widmete sich wieder den Killern.

Ausweise wollte er sich nicht zeigen lassen. Leute wie sie trugen keine bei sich, also musste er sich darauf verlassen, dass sie ihn nicht angelogen hatten.

„Wir kennen euch nicht, aber ihr scheint uns zu kennen. Man verfolgt schließlich keine Unbekannten, um sie einfach abzuschießen. Was also war der Grund?"

Garland gab die Antwort. „Wir müssen nichts sagen."

„Das könnte sich ändern, wenn ich euch von der Polizei abholen lasse."

„Sie selbst sind doch ein Bulle. Warum verhaften Sie uns nicht? Wahrscheinlich wissen Sie nicht einmal, was Sie uns vorwerfen wollen."

Mason schaute Garland überrascht an. Woher wusste der Kerl, dass er Polizist war? Er wollte ihn schon fragen, als Garland zu seinem Kumpan sagte: „Los, Vic, wir gehen jetzt. Er kann uns hier nicht festhalten."

Mason bewegte die Glock in seiner Rechten.

„Sie werden schon sehen, ob ich das kann."

„Was wollen Sie denn noch von uns?"

„Ich will, dass Sie endlich Ihr Maul aufmachen, Garland. Warum hat Ihr Kumpan mit der Armbrust auf mich geschossen? Und weshalb sind Sie in meine Wohnung eingebrochen?"

Garland bewegte seine Lippen. Er gab ein schmatzendes Geräusch von sich. Dann hüstelte er gegen seine Hand.

„Das ging nicht gegen Sie, Flint. Wir wollten Ihre Freundin, das ist alles."

Mason schwieg und blickte Doriana an, die fragte: „Mich?"

„Ja."

„Und warum?"

„Wir mögen keine Vampire."

Die Antwort war klar. Trotzdem gab es Fragen, und damit hielt Doriana nicht hinter dem Berg.

„Ihr seid also Vampirjäger?"

„Sind wir."

„Einfach so?"

„Ja."

Flint schüttelte den Kopf. „Ihr glaubt doch nicht, dass ihr damit durchkommt? Ich denke, dass ihr in einer Zelle Zeit genug haben werdet, um euch darüber Gedanken zu machen. So liegen die Dinge."

Wieder hielt sich Fleming zurück und ließ seinen Freund reden.

„Ich glaube, dass Sie sich irren", murmelte Garland. „Warum sollen wir eingebuchtet werden? Was haben wir getan? Was könnt ihr uns nachweisen? Nichts. Nicht mal einen Wohnungseinbruch. Wir haben aus der Wohnung Schreie gehört und nahmen an, dass wir hier helfen müssten. Deshalb haben wir die Tür aufgebrochen."

„Und weshalb haben Sie uns mit dem Motorrad verfolgt?", fragte Doriana.

„Wieso?" Ray Garland stieß seinen Kumpan an. „Kannst du dich an eine Verfolgung erinnern?"

„Nie und nimmer."

Garland grinste Doriana und Mason an. „Somit steht eure Anklage auf ziemlich wackligen Füßen. Und ich sage euch, dass sie noch wackliger werden wird, wenn ihr die gesamte Wahrheit wisst."

„Ach, die gibt es?"

Garland nickte. „Und ob es die gibt. Unsere Namen stimmen, aber da ist noch etwas, was ihr wissen solltet." Sein Grinsen wurde schleimig. „Darf ich in meine Jacke greifen und dort etwas hervorholen? Keine Sorge, es ist keine Waffe."

„Bitte."

Ray Garland bewegte sich provozierend langsam.

Mason Flint beobachtete den Mann misstrauisch, obwohl er sich sicher war, dass Garland keine Waffe hervorholen würde.

Die Sicherheit dieses Mannes störte ihn. Wahrscheinlich hielt er noch einen Trumpf in der Hinterhand. Etwas, das Mason Flint übersehen hatte.

Die Hand kam nach einem bewussten Zögern wieder zum Vorschein. Zwischen seinen Fingern hielt Garland etwas, das wie ein Pass aussah, den er jetzt auf den Tisch warf. Sein Gesicht nahm dabei einen arroganten und überheblichen Ausdruck an.

„Schauen Sie sich das Dokument an, Flint. Dann werden Sie die Wahrheit erfahren."

„Ist es ein Pass?"

„Los, anschauen."

„Mach schon", flüsterte Doriana, „ich halte die beiden in Schach."

„Okay." Mason griff nach dem Pass, der einen harten Einband hatte. Er spürte das Blut in seinen Kopf steigen. Er hatte das Gefühl, hereingelegt worden zu sein, was ihn innerlich zum Kochen brachte.

Er schlug ihn auf.

Im Pass stand, dass Garland den Status eines Diplomaten besaß. Das Dokument war von der ungarischen Botschaft ausgestellt worden, und damit lagen alle Vorteile auf seiner Seite. Der Begriff Immunität spukte durch Masons Kopf. Er war wütend und hatte Mühe, das Zittern seiner Finger zu unterdrücken.

„Höre ich einen Kommentar?", höhnte Garland.

Mason warf den Pass zurück auf den Tisch.

„Was ist los?", wollte Doriana wissen.

„Wir haben es hier mit zwei ungarischen Diplomaten zu tun, obwohl sie englische Namen tragen."

„Tatsächlich ungarisch?"

„So ist es. Du hast dich nicht verhört."

Sie verengte die Augen. „Wie hängt das zusammen?"

„Ich habe keine Ahnung."

„Kann ich ihn wieder einstecken?", fragte Garland.

Flint nickte. „Bitte."

„Sehr schön", lobte der Killer und wollte wissen, ob auch Fleming seinen Ausweis zeigen sollte.

„Nein, darauf verzichte ich."

„Danke." Garland gab sich locker. Er legte die Hände flach auf seine Oberschenkel. In seinem Gesicht stand das Lächeln eines Siegers.

„Was wollen Sie nun tun, Flint?"

„Ich denke noch darüber nach."

„Aber beeilen Sie sich. Wir haben nicht viel Zeit und wollen sie hier nicht vertrödeln."

Für Mason Flint stand fest, dass es jemanden im Hintergrund gab, der raffiniert vorging. Es lag auf der Hand, dass Garland und Fleming nicht aus eigenem Antrieb gehandelt hatten. Dazu waren sie nicht die Typen. Es steckte mehr dahinter, und nun war der Name Ungarn aufgetaucht. Nicht grundlos waren Garland und Fleming mit Pässen aus diesem Land ausgestattet worden, die ihnen zudem Diplomatenstatus garantierten. Das war mehr als ungewöhnlich.

Mason versuchte es mit einer schlichten Frage.

„Wer hat euch geschickt?“

„Bitte?“

„Ihr seid doch nicht hier erschienen, weil es euch Spaß gemacht hat.“

Garland stieß seinen Kumpan an.

„Müssen wir uns das gefallen lassen?“

„Das musst du wissen. Ich meine, nicht.“

„Gut, Vic. Ich bin deiner Meinung. Wir werden dem netten Polizisten noch unsere Waffenscheine zeigen, damit er weiß, dass alles seine Ordnung hat.“

„Danke, darauf verzichte ich.“

„Wie zuvorkommend. Dann haben Sie jetzt sicher nichts mehr dagegen, dass wir uns zurückziehen.“

Garland stand auf und deutete auf die tote Frenchy.

„Ihr Ableben könnt ihr uns ebenfalls nicht in die Schuhe schieben. Wir sind sauber.“ Er streckte die rechte Hand aus. „Und jetzt bitte ich um meine Waffe.“

Mason knirschte mit den Zähnen. Neben ihm atmete Doriana heftig durch die Nase. Sie hatte sich nicht eingemischt, doch ihr Blick sagte alles.

Garland erhielt seine Pistole zurück. Dorry und Mason mussten nicht mal höllisch aufpassen, er ließ sie sofort verschwinden.

Fleming hatte inzwischen seine Armbrust aufgehoben.

Ray Garland warf einen Blick auf die tote Frenchy

Davies. Er schien in seinen Schuhen zu wachsen. „Es ist alles erledigt, und wir haben uns nicht mal anzustrengen brauchen."

„Warum jagen Sie Vampire?"

Garland grinste. „Ich denke, dass auch Sie ein Eingeweihter sind."

Mason stellte sich dumm. „Was heißt das?"

„Dass es die Vampire gibt, Flint. Sie sind keine Erfindung. Sie sind überall auf der Welt. Man muss sie nur finden, und wenn man sie gefunden hat, muss man sie jagen. Ich bin fest davon überzeugt, dass es nicht die letzte Begegnung zwischen uns gewesen ist, und ich kann Ihnen sagen, dass uns gewisse Dinge in der Zukunft nicht mehr passieren werden."

„Welche?"

Garland deutete auf Doriana Gray, die ihn aus ihren dunklen Augen anfunkelte.

„Sie ist es. Ich kann noch immer nicht daran glauben, dass wir uns so geirrt haben sollen. Das reizt uns, mehr herauszufinden. Die Schlacht hat erst begonnen, merken Sie sich das."

„Danke für den Rat!"

Die beiden Männer schoben sich an Mason und Doriana vorbei. Sie verließen die Wohnung als Sieger, das musste er sich leider eingestehen. Aber er wollte sicher sein, dass sie auch verschwanden, und folgte ihnen. Sie betraten den Etagenflur, wo sie sich noch mal umdrehten.

Mason sah in ihre Gesichter. Er schaute in ihre kalten Augen und wusste, dass sie seine Todfeinde waren. Typen wie Garland und Fleming würden es niemals auf sich beruhen lassen, wenn sie einmal gedemütigt worden waren.

Mit diesen Gedanken ging Mason zurück in das Zimmer.

Mason hatte das Gefühl zu frieren. Es war nicht so gelaufen, wie er es sich vorgestellt hatte. Zwar waren die beiden Killer nicht zum Ziel gekommen, doch Mason fühlte sich von ihnen vorgeführt.

Doriana kam aus der Küche. Sie hatte sich dort etwas zu trinken geholt. Über den Glasrand hinweg schaute sie ihren neuen Partner an, ohne etwas zu sagen.

Flint nahm auf der Tischkante Platz. Sein Gesicht zeigte nicht eben einen fröhlichen Ausdruck. Er war frustriert, auch wegen Frenchy Davies, die tot im Zimmer lag.

Doriana stellte ihr leeres Glas ab. „Soll ich dir sagen, wie du aussiehst?“

„Nein, das weiß ich selbst.“

„Dann fühlst du dich als Verlierer?“

Mason Flint wusste zunächst nicht, was er darauf

antworten sollte. Er senkte den Blick. Es stimmte, er hatte keinen Sieg errungen, aber er sah sich auch nicht als Verlierer. Schließlich gab es so etwas wie eine neue Spur.

„Wir haben diesmal zwar nicht gewonnen, aber wir sind auch nicht am Ende. Die beiden Killer, die sich Vampirjäger nennen, sind weg, wir befinden uns in der Gesellschaft mit einer Leiche, und ich muss nachdenken, wie ich das alles miteinander in Einklang bringen kann, denn du darfst nicht vergessen, dass ich noch einen Job habe und ich deshalb nicht tun und lassen kann, was ich will."

Dorry krauste die Stirn. Sie lächelte dabei und kam auf den Job zu sprechen.

„Man hat dir ja den Auftrag gegeben, die ungewöhnlichen Morde aufzuklären, die hier geschehen sind."

„Sicher, und der Fall ist vorbei, denn die Mörderin sitzt vor mir. So kann man das sagen."

„Ja. Nur hat sich einiges verändert, wenn nicht auf den Kopf gestellt. Und das müssen wir ändern."

„Wie?"

Doriana lächelte milde und auch irgendwo wissend. „Ich glaube, Mason, dass wir beide ein Team bilden sollten. Das Schicksal hat uns zusammengekettet. Du wirst das, was du erlebt hast, nie mehr los. Es wird dich immer verfolgen, und du wirst dich damit abfinden müssen, den neuen Weg zu gehen."

„Und wo führt der hin?"

„Das kann ich dir leider nicht sagen. Ich bin keine Hellseherin."

„Und trotzdem bist du etwas Besonderes." Er hatte den Satz in vollem Ernst ausgesprochen.

Sie antwortete nur mit einem Lächeln.

„Bitte, ich weiß nicht recht, wie ich dich einschätzen soll", sagte Mason. „Du bist keine Vampirin mehr, du brauchst dir kein Blut zu besorgen, aber du hast selbst gesagt, dass du keine normale Frau bist wie alle anderen hier in der Stadt."

„Das stimmt."

„Damit hast du das Stichwort gegeben, Dorry. Du hast mich geheilt. Ich hatte eine tiefe Wunde und dann strichen deine heilenden Hände darüber hinweg. Du behauptest zwar, dass du eine Hexe bist, aber es fällt mir trotzdem schwer, alles ohne Widerspruch hinzunehmen."

Doriana lächelte. Der leichte Spott in ihren Worten war nicht zu überhören. „Ich wusste, dass du das Thema ansprechen würdest. Es ist auch sehr menschlich, doch ich sage dir, dass ich mich nicht gegen dich stelle. Ich bin keine Vampirin mehr und ich fühle mich in meiner neuen Rolle sehr wohl. Wir sprachen schon darüber, dass etwas aus der Vergangenheit in mich zurückgekehrt ist."

„Ja, deine Hexenkräfte."

„Zum Beispiel."

Er blieb am Ball. „Das Heilen von Wunden?" Mason wartete gespannt auf die Antwort.

„Unter anderem."

„Und was noch?"

Sie legte den Kopf zurück und lachte. Dafür hatte Mason kein Verständnis, doch er vermied es, eine Gegenreaktion zu zeigen, und wartete lieber ab, was Dorry ihm noch zu sagen hatte.

Als sie dann sprach, überraschte es ihn schon.

„Du ärgerst dich darüber, dass wir die beiden Killer haben laufen lassen müssen."

„Das kannst du laut sagen."

„Und du weißt nicht, wohin sie gegangen sind."

Er hob die Schultern. „Es kann sein, dass sie sich in der Botschaft verstecken."

„Jetzt schon?"

„Keine Ahnung."

„Jedenfalls könnten sie uns auf die Spur ihres Auftraggebers bringen."

„Ja."

„Dann sollten wir etwas tun."

„Was denn?"

„Oder besser gesagt ich.“

Mason Flint verstand die Welt nicht mehr und seine neue Partnerin erst recht nicht.

„Was hast du vor?“

Sie gab ihm keine Antwort. Oder keine, die ihn zufriedenstellte. Stattdessen ging sie bedächtig zu einem Sessel und ließ sich in ihm nieder. Jede ihrer Bewegungen wirkte wie abgezirkelt. Da geschah nichts überhastet.

Er wollte etwas fragen, aber Doriana ließ es nicht dazu kommen.

„Nein, jetzt nicht.“

„Aber ich …“

„Wirklich nicht, Mason. Du solltest dich auf mich verlassen.“

„Das tue ich die ganze Zeit über.“

„Jetzt ist es besonders wichtig.“

Er hatte Doriana verstanden. Sie war an einem Punkt angelangt, an dem sie nicht mehr mit sich reden lassen würde. Was jetzt folgte, war einzig und allein ihre Sache.

Beide Arme winkelte sie an, um sie dann auf die Lehnen des Sessels zu legen. Sie saß schweigend im Sessel und glich schon fast einer Statue.

Es kam Mason so vor, als hätte sie durch ihr Verhalten noch eine andere Stille in das Wohnzimmer gebracht, die nicht natürlich war und aus einer fremden Sphäre stammte.

Er wusste nicht, wie er sich verhalten sollte. Aus kurzer Entfernung schaute er seine Partnerin an und erkannte, dass etwas mit ihr vorging, obwohl eigentlich nichts geschah.

Wäre Dorry eine Leiche gewesen, die man in den Sessel gesetzt hätte, sie hätte bestimmt nicht anders ausgesehen. Es hatte den Anschein, als wäre sie innerhalb einer halben Minute schwer krank geworden.

„Das kann doch nicht sein", flüsterte er und schüttelte den Kopf. „Sie sieht aus wie eine Tote. So leblos und ohne Kraft ..."

Sie hatte ihm geraten, sich nicht um sie zu kümmern. In diesem Augenblick war das vergessen. Er wollte wissen, was mit ihr geschehen war, und das schaffte er nicht aus der Entfernung.

Genau deshalb ging er auch den letzten Schritt auf den Sessel zu. Sein Blick heftete sich auf Doriana Grays Gesicht. Er war bereit, ihr beizustehen, wenn es zu schlimm wurde. Er fürchtete auch, dass sich Doriana übernommen hatte und die Folgen nicht abzusehen waren.

Vor ihr blieb er stehen.

Er hatte sich vorgenommen, nach ihren Händen zu greifen, doch er zuckte vor ihrem Anblick zurück.

Sie war so schrecklich blass geworden und erinnerte ihn an eine Leiche. Er sah auch nicht mehr, dass sie atmete. Ihr Mund war halb geöffnet, doch Atemgeräusche vernahm er nicht.

Kein Atmen?

Es bedeutete in ihrem neuen Zustand eigentlich nur eines: dass sie nicht mehr am Leben war.

„Nein!“, flüsterte er, „nein, das ist – das kann doch nicht wahr sein!“

Doriana Gray war zu einer leblosen Puppe geworden, die ihm Angst einjagte. Mason fühlte sich so hilflos. Hier stand ihm kein brutaler Gangster gegenüber. Da hätte er gewusst, wie er sich verhalten musste, hier aber war alles anders.

Mason schluckte. Sein Speichel schmeckte gallenbitter. Hinter seinen Augen spürte er einen heftigen Druck.

„Dorry …“ Leise sprach er ihren Namen aus, ohne damit eine Reaktion zu erzielen.

Doriana war vorhanden und war trotzdem nicht da. Das wollte ihm nicht in den Kopf. Es war ein großes Rätsel. Für ihn befand sie sich in einem Zustand zwischen Leben und Tod.

Er schaute sie weiter an und suchte in ihrem Gesicht nach Spuren, die auf etwas Lebendiges hindeuteten.

Die fand er nicht, aber er stellte etwas anderes fest,

was das Rätsel nicht kleiner machte. Wenn er genau hinschaute, dann sah er um ihren Körper herum eine ganz schwache Aura, die er ebenfalls nicht begriff. Mason überwand sich selbst, und er ärgerte sich, dass seine Finger zitterten, als er die Hand ausstreckte, um sie endlich zu berühren.

Mason wollte nur über ihr Gesicht streicheln und sehen, wie sich die Haut anfühlte.

Er kam nicht so weit.

Die Hand zuckte zurück.

Kälte hatte die Fingerspitzen erwischt, und er wurde dabei an Trockeneis erinnert.

Was war das nur?

Mason konnte sich keinen Reim darauf machen. Nur seine Sorgen wuchsen, bis ihn eine schwache Stimme erreichte.

„Es ist alles gut, Mason, es ist alles gut. Ich bin bei dir, aber ich bin auch woanders."

„Bitte ...?"

„Glaub mir, du musst mir glauben ..."

Er zuckte zurück. Sie hatte zwar gesprochen, aber ihre Lippen hatten sich dabei nicht bewegt.

„Glauben?", murmelte er. „Ich weiß nicht, was ich dir noch glauben soll, Dorry ..."

15

Doriana war unterwegs!

Nicht sie selbst als fester Körper, sondern in einer feinstofflichen Form. Sie schwebte wie ein Geist durch das Treppenhaus.

Die Energie hatte ihren festen Körper verlassen, der jetzt wie erstarrt in der Wohnung zurückgeblieben und sehr geschwächt war. Alle Funktionen, die einen Menschen am Leben hielten, waren auf ein Minimum reduziert. Wer nicht Bescheid wusste und ihren Körper in diesem Zustand sah, hätte ihn für tot halten können. Doch er war nicht tot, er war etwas anderes – hilflos! Ja, sie würde nicht einmal mehr in der Lage sein, sich zu wehren.

Dafür war ihr Zweitkörper unterwegs. Es gab kein Geräusch. Er glitt lautlos dahin und drang ungehindert durch Hindernisse.

Das Haus hatte sie hinter sich gelassen, nachdem sie wie ein Schemen durch die Tiefgarage geschwebt war. Als Geist war es ihr noch möglich, zu denken und vor allen Dingen gewisse Vorsätze in die Tat umzusetzen.

Sie hatte erlebt, wie sich Mason Flint geärgert hatte. Es war ihm nichts anderes übrig geblieben, als die beiden Killer laufen zu lassen. Das wollte Doriana nicht akzeptieren.

Die beiden Killer würden sie nicht sehen, aber sie würde sie entdecken. Irgendwo mussten sie ihr Motorrad abgestellt haben.

So war die Tiefgarage ihr erstes Ziel gewesen. In wenigen Sekunden hatte sie das unterirdische Gelände abgesucht, ohne allerdings etwas zu finden.

Also raus!

Sie glitt durch die Nacht. Ein Schemen, so schwach wie ein Nebelstreif, aber mit den Umrissen eines menschlichen Körpers. Sie war schnell, und sie huschte durch die Finsternis, die nur an bestimmten Stellen von künstlichen Lichtern durchbrochen wurde. Wenn sie in den Lichtschein geriet, war sie für einen Moment wie ein blasser Schemen zu sehen, bevor sie wieder in die Dunkelheit abtauchte.

Von der Zeit her hatten die beiden Killer das Haus längst verlassen. Sie mussten ihre Maschine in der Nähe geparkt haben, aber noch hatte sie sie nicht entdeckt.

Es fuhr kein Motorrad in ihrer sichtbaren Nähe. War sie zu spät gekommen?

Dann hatte sie Glück und entdeckte die Männer.

Beide strebten zielsicher dem kleinen bewachten Parkplatz zu, der sich nur fünfzig Meter vom Haus entfernt befand. Hier parkten diejenigen Leute, die in der Tiefgarage keinen Platz gemietet hatten, und die Besucher des Hauses.

In einer kleinen Bude saß ein Wärter, der eine Zigarette rauchte. Der Qualm drang in trägen Wolken durch das kleine offene Fenster und durch den Schein der Lampe, die an der Hütte angebracht worden war.

Doriana schwebte näher. Sie hatte das Motorrad zwar noch nicht gefunden, aber sie wusste jetzt, wo die beiden Killer es abgestellt hatten.

Sie sank nach unten.

Es war nicht völlig dunkel. Zwei sich gegenüberstehende Lampen in der Mitte des Parkplatzes sorgten für etwas Licht.

Für die parkenden Autos hatte Doriana keinen Blick. Sie suchte nach einem Motorrad, und dann entdeckte sie die Maschine. Sie stand im Lichtschatten der Bude. Deshalb hatte sie sie nicht gleich gesehen.

Die beiden Killer hatten ihre Helme wieder aufgesetzt und die Visiere aufgeklappt. Vor der Bude blieben sie für einen Moment stehen und sprachen mit dem Parkplatzwächter.

Doriana geriet nicht in Hektik, aber sie bewegte sich schnell und präzise. In Sekundenschnelle war sie unten beim Motorrad. Geisterhaft anmutende Hände öffneten die Ventile. Luft zischte heraus. Dann riss sie mit einer schon mehr als normalen Kraft das Zündkabel los und warf es in die Büsche hinter der Bude.

Sie hörte die Stimmen der beiden Killer.

Eine Sekunde später war sie weg. Ein bleicher Schatten huschte schräg in den dunklen Himmel, und es sah aus, als würde er von ihm aufgesaugt werden.

Teil eins war erledigt.

Den zweiten Teil des Plans würde sie nicht allein durchziehen können. Sie spürte, dass sie schwächer wurde. Zu lange konnte sie ihren Zustand nicht halten. Denn auch ihr waren Grenzen gesetzt. Und so wurde es Zeit, dass die beiden Körper wieder zu einem zusammenschmolzen …

„Wir hätten sie auch killen können!", sagte Victor Fleming mit einer kaum unterdrückten Wut in der Stimme. „Wir haben uns benommen wie die letzten Feiglinge."

„Ach, meinst du?"

„Ja, verdammt."

„Es lief aber schlecht. Diese Doriana war keine Vampirin. Dafür die andere. Das war nicht vorgesehen, und ich bin gespannt", sprach Garland weiter, „wie man darauf reagieren wird."

„Meinst du, man wird es uns nicht glauben?"

„Ich habe keine Ahnung. Wir werden zumindest glaubwürdig sein müssen. Es steht zu viel auf dem Spiel. Außerdem wurde einiges in uns investiert."

„Du meinst die Pässe?"

„Unter anderem auch diese."

Fleming lachte kratzig. „Sie haben uns zumindest geholfen. Und das Gesicht des Bullen werde ich auch nicht vergessen. Aber ich schwöre dir, dass wir ihn kriegen."

„Erst warten wir ab, was unser Gespräch ergibt. Dann sehen wir weiter. Und jetzt halt den Mund."

Garland hatte den Satz nicht grundlos gesagt, denn sie näherten sich dem Wachhäuschen. Ein Mann saß darin und paffte. Er hatte die Schritte der Männer gehört und streckte seinen Kopf hervor.

„Ach, da sind Sie ja."

„Alles klar?", fragte Garland.

„Bei mir schon."

„Okay." Garland holte einen Schein hervor und drückte ihn dem Mann in die Hand.

„Oh, das muss ich wechseln und ..."

„Behalten Sie den Rest."

„Danke."

Garland drehte sich weg und folgte seinem Freund, der schon um die Bude herumgegangen war.

„Ich habe ein dummes Gefühl", sagte Vic.

„Warum?"

Victor Fleming hob die Schultern. „Kann ich dir nicht sagen, es ist einfach so. Es muss daran liegen, was wir erlebt haben. Das lief zwar glatt, aber trotzdem ..."

„Hör auf zu spinnen. Beim dritten Anlauf wird es besser klappen."

„Wenn du dich da mal nicht irrst."

Ray Garland schenkte sich die Antwort.

Dann standen sie vor der Maschine. Victor Fleming hielt plötzlich in der Bewegung inne.

„Was ist los, Vic?"

„Etwas stimmt hier nicht."

„Womit?"

„Schau dir die Maschine an."

Garland hatte den alarmierten Ton in der Stimme gehört. Er bückte sich und konnte nur noch fluchen. Es war keine Luft mehr in den beiden Reifen. Deshalb war das Motorrad auch leicht nach unten gesackt und stand auf den Felgen.

Wieder war es Fleming, der sah, dass das Zündkabel nicht mehr vorhanden war. Er schaute seinen Kumpan so an, als könnte der ihm eine Erklärung geben.

„Was glotzt du so, verdammt?"

„Wir können die Maschine vergessen, Ray. Klar, sie steht noch an ihrem Platz. Aber zwischendurch hat sie Besuch bekommen."

Ray Garland sagte nichts, und das kam bei ihm nicht oft vor. Er blickte sich um, als suchte er nach dem Mann, der ihnen das angetan hatte.

„Der ist längst weg!", sagte Fleming.

„Ich weiß. Nur frage ich mich, wer es gewesen sein könnte.“ Garlands Augen verengten sich. Danach stellte er sich eine weitere Frage. „Der Bulle und das Weib?“

Fleming hob unbehaglich die Schultern. „Du meinst, dass sie eher hier waren als wir? Das glaube ich nicht, denn wir hätten sie sehen müssen. Ich kann mir nicht denken, dass es eine Abkürzung hierher gibt. Außerdem haben die in der Wohnung genug mit sich selbst und der Toten zu tun.“

Garland lief es kalt über den Rücken. Was hier geschehen war, passte ihm überhaupt nicht. Er fühlte sich umzingelt und beobachtet.

Wenn es der Bulle und diese Gray nicht gewesen waren, wer kam dann infrage?

Es gab eine geringe Chance, etwas herauszufinden. Sie mussten sich an den Parkplatzwächter wenden, es konnte sein, dass ihm etwas aufgefallen war.

In beiden Männern tobte die Wut. Als sie um die Bude herumgingen, wurde gerade die Tür aufgeschoben. Einen Moment später trat der Parkplatzwächter ins Freie und schrak zusammen, als er die Männer vor sich auftauchen sah.

„Was ist los? Haben Sie …“ Die weiteren Worte blieben ihm im Hals stecken, weil ihn ein Schlag in den Leib getroffen hatte. Er taumelte zurück, stieß mit dem

Hintern gegen die Wand des Häuschens und sackte in die Knie.

Eine Hand riss den Mann in die Höhe. Es war Ray Garland, der ihn gepackt hielt und nicht mehr losließ. „Und jetzt wirst du dein Maul aufmachen, Arschloch."

Der Parkplatzwächter war völlig von der Rolle. Er wusste nicht, weshalb man ihn so behandelte. Ihm war übel. Die Folgen des Treffers rumorten in seinen Eingeweiden. Er wusste, dass der Typ eine Antwort haben wollte, aber welche sollte er ihm geben?

Er saugte seinen Atem zischend ein.

„Was ... was ... wollt ihr denn von mir?" Jedes Wort fiel ihm schwer.

Garland schüttelte ihn kräftig durch. „Unsere Maschine ist fahruntüchtig. Wer hat sich daran zu schaffen gemacht?"

„Keine Ahnung."

„Aber du bist hier der Aufpasser!"

„Das weiß ich", würgte der Mann. „Aber ich kann euch nichts sagen. Ich habe keinen Menschen gesehen, ich war die ganze Zeit allein. Das müsst ihr mir glauben."

Ray Garland überlegte. Er brauchte nur in das Gesicht des Mannes zu schauen, um zu wissen, dass er ihnen kein Theater vorspielte. Der Wächter hatte nichts gesehen, und wenn sich jemand auf den Parkplatz geschlichen hatte, dann war er sicher nicht vorn an der Bude des Wärters vorbeigegangen.

Garland ließ den Mann los. Der war so geschwächt, dass er sich nicht auf den Beinen halten konnte. Er sackte wieder zusammen und presste beide Hände gegen den Leib.

Garland wandte sich ab.

Fleming sprach ihn an. „Glaubst du ihm?“

„Ja. Warum sollte er lügen? Der hat wirklich nichts gesehen. Hier kann sich jeder anschleichen und die abgestellten Wagen beschädigen. Von den Seiten und von hinten.“

„Und warum ist unser Motorrad fahruntüchtig gemacht worden? Glaubst du an einen Zufall?“

„Nein.“

„Ich auch nicht!“

„Und, was heißt das? Kannst du mir sagen, wer das getan hat? Wem wir dafür in den Arsch treten müssen?“

„Nein.“

„Okay, ich weiß es auch nicht. Aber ich weiß, dass hier einiges schiefläuft. Hier ist nichts mehr in Ordnung, gar nichts.“

„Das weiß ich auch, Ray.“

Garland holte tief Luft. Erst dann konnte er wieder sprechen. Er hatte Mühe, seine Wut zu unterdrücken.

„Wir dürfen nicht vergessen, dass uns jemand im Nacken sitzt. Es war kein Zufall, dass unsere Maschine fahruntüchtig gemacht worden ist. Da steckt was dahinter, sage ich dir. Ich weiß nur nicht, wer oder was."

„Jemand will nicht, dass wir von hier verschwinden!", erklärte Victor Fleming.

Garland sagte nichts. Er schaute ins Leere. Seine Lippen zitterten. Nach einer Weile nickte er und konnte endlich wieder reden.

„Ja, ich denke, dass du recht hast", erwiderte er schließlich. „Jemand wollte verhindern, dass wir uns aus dem Staub machen."

„Und wer?"

„Bin ich ein Hellseher?"

„Bist du nicht", sagte Fleming. „Aber was sollen wir jetzt tun?"

Für Ray Garland gab es nur eine Antwort. „Wir können das nicht so auf uns sitzen lassen. Dass man uns hier festgesetzt hat, wird einen Grund haben. Und wir werden dem Unbekannten den Gefallen tun und einfach hier warten."

„Das wollte ich auch vorschlagen."

Garland grinste schief. „Aber wer ist es? Wer steckt dahinter? Es können nur dieser Bulle und diese Gray gewesen sein. Nur die beiden hätten einen Grund."

„Welchen denn?"

„Dass sie mehr erfahren wollen."

„Alles klar. Aber der Parkplatzwächter hat sie nicht gesehen, wenn du ihm glauben willst."

„Genau das ist unser Problem. Wenn sie es tatsächlich gewesen sind, dann müssen sie sich von irgendeiner Seite angeschlichen haben. Aber hat die Zeit überhaupt dafür ausgereicht?"

„Ich glaube nicht." Fleming wechselte das Thema. „Hast du schon mal daran gedacht, wieder in die Wohnung zu gehen und sie ..."

„Hör auf mit dem Mist. Das würden wir nicht packen. Es könnte sein, dass der Bulle schon seine Kollegen alarmiert hat."

„Warum sollte er? Dann hätte er uns gar nicht erst laufen lassen."

Vic Fleming murmelte etwas vor sich hin.

„Was ist?"

„Ich habe daran gedacht, dass ich Flint bei unserem Überfall auf den Bentley mit einem Bolzen erwischt habe."

„Weiß ich. Und?"

„Hast du was bemerkt? Hat er sich so verhalten wie jemand, der eine Verletzung hat?"

Garland schluckte. „Darauf habe ich ehrlich gesagt nicht geachtet."

„Hättest du aber sollen. Er bewegte sich völlig normal. Es sah nicht aus, als wäre er durch eine Wunde behindert, und das ist für mich nicht normal. Ebenso wie die Sache mit unserem Motorrad."

„Was folgerst du daraus?"

Fleming hob die Schultern. „Nichts Konkretes, Ray. Aber ich habe den Eindruck, dass hier was nicht mit rechten Dingen zugeht."

„Das ist unsere Vampirjagd auch nicht."

„Schon. Trotzdem ist es hier anders." Fleming war plötzlich sehr gesprächig geworden. Er blieb nicht auf der Stelle stehen und ging auf und ab, wobei er zuschaute, wie der Parkplatzwächter wieder in seiner Bude verschwand. Er hatte seine Hände gegen den Leib gedrückt. Die beiden Männer bedachte er mit keinem einzigen Blick.

„Was tun wir, Ray?"

Garland hatte sich noch keine Antwort überlegt. Er war unschlüssig. Fleming und er waren ein eingespieltes Team. Bisher waren sie meist in den Staaten tätig gewesen. Wahrscheinlich war man deshalb an sie herangetreten, weil die Bullen in London sie noch nicht kannten.

Jetzt killten sie sogar unter dem Schutz eines Diplomatenpasses, und man hatte ihnen zudem klargemacht, dass es um Vampire ging, was sie auch akzeptiert hatten.

Aber was hier abgelaufen war, war für sie ein Rätsel.

Fleming versuchte es erneut. „Sollen wir so verschwinden und die Maschine stehen lassen?"

„Nein!"

„Bleiben wir?"

„Ja." Garland nickte heftig. „Es sieht so aus, als hätte es die andere Seite so gewollt. Wir haben Zeit, und ich glaube nicht, dass man uns die ganze Nacht über warten lassen wird."

„Okay. Und was ist mit dem Wächter?"

„Dem gebe ich Bescheid. Das heißt, es ist nicht nötig. Der ist mit sich selbst beschäftigt." Wie zur Bestätigung hörten sie aus dem kleinen Haus die würgenden Geräusche.

Sie brauchten nichts mehr zu sagen. Es war zum Glück dunkel, und Verstecke gab es hier genug.

Danach begann das Warten …

16

Mason Flint wusste nicht, was er tun sollte. Doriana ging es immer schlechter. Ihr Körper schien mit einer Eisschicht umgeben zu sein, so viel Kälte strahlte er aus.

Er traute sich auch nicht, sie anzufassen und mit ihr zu reden. So beobachtete er sie nur.

Was war mit ihr geschehen?

Sie wirkte völlig verändert. Selbst ihre Haare kamen ihm nicht mehr so dunkel vor wie sonst. Hier waren Kräfte am Werk, die über seine Vorstellungskraft gingen. Er wusste auch, dass es einen Grund geben musste, der dafür sorgte, dass ihre Temperatur so stark abgesackt war.

Er schüttelte den Kopf. Es hatte keinen Sinn, sich darüber Gedanken zu machen und nach einer Erklärung zu suchen.

Wie lange würde Dorianas Zustand noch anhalten? Und würde sie wieder normal werden oder würde sie Schaden gelitten haben? Er spielte einige Möglichkeiten durch, doch dann dachte er wieder daran, was ihm Dorry gesagt hatte.

Sie war keine Vampirin mehr. Sie war wieder zu dem geworden, was sie in der Vergangenheit gewesen war. Eine Hexe. Eine Person, die von einer Hexenmeisterin großgezogen worden war und die einen falschen Weg hatte gehen müssen und nun wieder zu ihren Ursprüngen zurückgekehrt war.

Also eine Hexe!

Damit fand er sich ab. Das akzeptierte er. Aber nicht ihren jetzigen Zustand. Hatte er möglicherweise etwas mit ihrem Hexendasein zu tun? War dies ein weiteres ihrer zahlreichen Geheimnisse, von denen er noch nichts wusste?

Mason schüttelte den Kopf. Sich darüber Gedanken zu machen brachte ihn nicht weiter. Er machte sich nur verrückt, und das wollte er auf jeden Fall vermeiden. Er brauchte einen klaren Kopf.

Es würde sich für ihn in Zukunft vieles ändern, sehr viel sogar. Und er würde auch mit Martin Curtis und Commander Blake reden müssen, um bestimmte Dinge zurechtzurücken.

Er konnte seinem Job nicht weiter so nachgehen wie bisher. Es gab zu viel Neues, über das er nachdenken musste und das auch seinen zukünftigen Weg bestimmen würde.

Die Gedanken hatten ihn ein wenig von den Geschehnissen um ihn herum abgelenkt. Er riss sich zusammen und konzentrierte sich wieder auf Doriana Gray, die noch immer starr in ihrem Sessel hockte. Er wünschte sich, sie würde schlafen und plötzlich wieder erwachen, aber Schlaf hatte mit ihrem Zustand nichts zu tun.

Warum sagte sie nichts? Warum reagierte sie nicht? Warum …?

Seine Gedanken stockten. Mason wollte es kaum glauben. Da war etwas! Sie hatte sich bewegt. Nein, in ihrem Gesicht hatte sich etwas bewegt, und das waren die Augenlider. Er hatte das leichte Zucken gesehen. Das geschah auch bei Menschen, die tief und fest geschlafen und etwas geträumt hatten.

Mason atmete auf. Ein erstes Anzeichen für ihr Erwachen, das hoffte er zumindest.

Jetzt bewegten sich auch ihre Lippen, und sofort danach öffneten sich die Augen und nahmen wieder ihren natürlichen Glanz an.

„Du bist wach, Dorry!“ Etwas anderes fiel ihm nicht ein. Er war schon froh, die Worte überhaupt sagen zu können.

Es tat sich nichts weiter. Doriana blieb noch in ihrer starren Haltung. Dann verschwand die totenblasse Farbe aus ihrem Gesicht. Sie sah wieder völlig normal aus. Ihr Blick war klar geworden, sie konnte wieder lächeln und sich auch bewegen, denn sie hob ihren rechten Arm und strich mit der flachen Hand über ihr Gesicht.

„Himmel, was ist mit dir geschehen?“, flüsterte Mason. „Das … das … ist Wahnsinn. Ich kann es nicht fassen. Es war schrecklich! Ich habe gedacht, du würdest sterben."

„Nein, nein, ich lebe noch." Ihre Stimme klang flach, war aber gut zu verstehen. Sie hob die Schultern. „Wir sind jetzt wieder zusammen."

Der letzte Satz war für Mason Flint nicht zu begreifen.

„Was hast du da gesagt?"

„Wir sind wieder zusammen."

„Aha." An Masons Gesichtsausdruck war abzulesen, dass er immer noch nichts begriff.

Auch ihre nächsten Worte lösten das Rätsel nicht. „Ich spreche von meinen Körpern."

„Aha, von den Körpern."

„Ja."

Mason ging zurück und setzte sich auf die Tischkante. Er wusste nicht mehr, was er denken sollte.

Doriana lachte und sagte: „Zerbrich dir nicht den Kopf, Mason. Es ist so, wie es ist."

Sie stand mit einer gleitenden Bewegung auf, als hätte sie sich nie in dieser Starre befunden.

Zahlreiche Fragen lagen ihm auf der Zunge, aber es fiel ihm schwer, eine zu stellen. Er schaute sie an, als wäre sie ein Wunder.

„Und, Mason?"

Er hob die Schultern. „Es tut mir leid, aber ich begreife nichts. Aber ich denke, dass ich noch einiges an Überraschungen von dir erwarten kann."

„Ja, das ist richtig." Sie ging auf ihn zu und streichelte seine Wangen.

Er schaute hoch.

Ihre Gesichter waren nicht weit voneinander entfernt. Mason schämte sich zwar für seine Gedanken, er suchte trotzdem nach einer gewissen Falschheit im Blick der Frau.

Die entdeckte er nicht.

„Du musst mir vertrauen, Mason. Und ebenso werde ich dir vertrauen. Wir sind ein Team, und wir werden uns für die Zukunft rüsten müssen. Das erfordert Kraft und eben Vertrauen."

Sie ist wieder völlig okay!, dachte er. Es gibt keine Nachwirkungen. Wir haben alles im Griff.

Und doch fühlte er sich immer noch nicht wirklich erleichtert.

„Was ist passiert, Dorry?"

Ihre Hände glitten von Masons Wangen weg. Dann hörte er ihre leise Antwort. „Es ist alles im grünen Bereich. Ich habe nur etwas getan, was ich glaubte tun zu müssen."

„Was war das?"

„Ich habe lediglich versucht, Garland und Fleming aufzuhalten."

Er schüttelte den Kopf. „Sie sind doch weg."

„Das schon, aber ich wollte nicht, dass sie so mir nichts, dir nichts verschwinden. Und das habe ich vielleicht erreicht."

„Du?"

„Ja."

Er schüttelte den Kopf. „Aber du bist doch hier gewesen. Hier bei mir, und ich habe mir riesige Sorgen um dich gemacht."

„Und trotzdem ist es die Wahrheit."

Er konnte nicht sprechen. Es war wieder etwas Unwahrscheinliches geschehen, das er akzeptieren musste.

„Ich will es dir erklären."

„Ja", flüsterte Mason, „darauf warte ich."

„Ich habe sie tatsächlich verfolgt, Mason", begann sie, „aber nicht mit dem Körper, der hier im Raum war. Ich konnte sie mit meinem Zweitkörper verfolgen."

„Aha." Dann schreckte er auf. „Was hast du gesagt?" Ungläubiges Staunen. „Mit deinem Zweitkörper?"

„Du hast es gehört!"

„Aber wie … wie …"

Doriana legte einen Finger auf seine Lippen und brachte Mason damit zum Schweigen.

„Ich besitze die Gabe der Bilokation. Das heißt, ich kann meinen Zweitkörper entstehen lassen und an einer ganz anderen Stelle eingreifen. Nichts anderes habe ich getan." Sie erzählte ihm nichts von ihrem Schutzgeist, der eins mit ihrem Körper wurde und ihren Geist dann mitnahm auf die Reise, während ihr Körper starr und hilflos zurückblieb. Das würde zu viel für ihn sein und ihn an seinem Verstand zweifeln lassen. Deshalb hatte sie lieber von der Bilokation gesprochen.

Er schwieg, weil er nicht anders konnte. Er schüttelte den Kopf.

Schließlich schaffte er es doch, eine Frage zu stellen, und sprach dabei mit leiser Stimme: „Und das ist möglich?"

„Ja."

„Aber wie?"

„Denk daran, wer ich bin."

Mason krauste die Stirn.

„Ja, du bist eine Hexe."

„Bravo. Ja, das bin ich. Das bin ich wirklich. Ich habe es dir schon mit der Heilung deiner Wunde bewiesen, und nun habe ich dir einen zweiten Beweis geliefert. Dank meiner besonderen Kräfte, die ich Mother Shipton verdanke, gelingt es mir, meinen Zweitkörper entstehen zu lassen. Ich kann also an zwei verschiedenen Orten gleichzeitig sein. Natürlich erfordert das eine wahnsinnige Kraft und Energie. Du hast mich hier im Sessel gesehen, und ich kann mir vorstellen, dass du Angst um mich gehabt hast. Nicht ohne Grund, denn ich bin hier wehrlos gewesen. Wenn mein Zweitkörper unterwegs ist, sind die Funktionen des ersten auf ein Minimum reduziert. Da bin ich dem Tod fast näher als dem Leben."

„Und wie", flüsterte er.

Sie breitete die Arme aus und lächelte. „Aber ich habe es geschafft, wie du siehst."

Mason nickte.

„Und wo genau bist du gewesen?"

„Ich erwähnte schon, dass ich mich auf die Suche nach Garland und Fleming gemacht habe."

„Hast du sie gefunden?"

„Was glaubst du?"

„Ja, du hast sie gefunden."

Doriana nickte.

„Und wo?"

Sie musste sich erst räuspern, bevor sie weitersprach, und machte es jetzt spannend. „Ich bin davon ausgegangen, dass sie ihr Motorrad in der Nähe abgestellt haben. In der Tiefgarage war es nicht zu finden, aber es konnte auch nicht weit sein. Wer will schon lange laufen? Ich hatte Glück und fand die Maschine auf dem kleinen Parkplatz in der Nähe."

„Und was hast du getan?"

„Ich war so frei und machte ihr Motorrad fahruntüchtig. Dann bin ich wieder verschwunden. Sie waren noch nicht da. Deshalb habe ich auch nicht sehen können, wie sie reagierten. Wegfahren können sie wenigstens nicht mehr. Ich schlage vor, dass wir hingehen und uns die beiden schnappen."

Mason ging zwar vieles durch den Kopf, doch das unterdrückte er zunächst mal. Stattdessen sagte er: „Ich kann sie nicht verhaften. Sie haben Diplomatenpässe. Damit sind mir die Hände gebunden."

„Das verstehe ich, Mason. Ich habe auch nicht an eine Verhaftung gedacht. Ich will mehr über die beiden wissen und natürlich über ihre Hintermänner. Mein Vampirdasein ist vorbei. Ich bin wieder die Hexe und fühle mich stärker als je zuvor. Ich habe die Verpflichtung, diejenigen zu jagen, die meine oder unsere Feinde sind. Und dazu zähle ich nicht nur Vampire. Es gibt auch andere Feinde."

„Da sagst du was", murmelte Mason.

„Und ich will wissen, wer die Leute sind, die hinter Garland und Fleming stehen. Die sehe ich als unsere ärgsten Feinde an."

„Denkst du an den ungarischen Botschafter oder seine Mitarbeiter?"

„Nein, so weit gehe ich nicht. Ich denke, dass er und die Leute aus seinem Umkreis nur benutzt worden sind."

„Hast du eine Idee?"

„Keine konkrete. Ich denke an eine zweite Macht, die sehr gefährlich ist und im Hintergrund agiert. In Botschaften kann man einiges verstecken. Deshalb können wir Garland und Fleming nicht laufen lassen. Wir müssen aus ihnen herausholen, was sie wissen, und wir müssen ihnen zuvorkommen. Ich glaube nicht, dass sich ihre Hintermänner mit dem zufriedengeben, was sie bisher erreicht haben. Man wird die Killer wieder auf uns loslassen."

Mason nickte. „Ja, so kann man es wirklich sehen."

„Okay, bist du bereit?"

Flint warf einen Blick auf die tote Frenchy. Es gefiel ihm nicht, eine Tote in der Wohnung zurückzulassen, zumal die Eingangstür zerstört war. Aber er sah keine andere Möglichkeit. Da bisher noch niemand gekommen war, rechnete er damit, dass sich die Neugierigen auch weiterhin zurückhalten würden.

„Wir können", sagte er.

Doriana sah den Parkplatz jetzt aus einer anderen Perspektive. Da glitt kein feinstofflicher Leib mehr über den Boden hinweg, sie spürte bei jedem Auftreten die Härte des Pflasters.

Mason Flint kannte sich in der Umgebung seines Hauses aus, doch davon nahm er nicht viel wahr. Zu sehr beschäftigten sich seine Gedanken mit dem, was er erfahren hatte. Es war nicht einfach für ihn, sich auf die neuen Dinge einzustellen, die er bereits erlebt hatte und die noch auf ihn zukommen würden.

Doriana merkte, dass er mit seinen Gedanken woanders war.

„Nimm es doch nicht so schwer, du wirst dich daran gewöhnen."

„Das sagst du. Aber ich bin keine Hexe und auch kein Hexer. Was für dich normal ist, das will mir nicht so recht in den Kopf. Es ist nicht so leicht für einen normalen Menschen, sich damit abzufinden."

„Das kann ich mir denken. Aber gemeinsam werden wir es schaffen."

„Jetzt hoffe ich nur, dass wir nicht zu spät kommen und die beiden noch auf dem Parkplatz sind."

„Bestimmt."

Er sagte nichts mehr. Die Hälfte der Strecke hatten sie bereits hinter sich gebracht, und sie sahen schon die Bude des Parkplatzwächters vor sich.

Doriana war nicht bewaffnet. Daran musste Mason denken. Es war möglicherweise ein Fehler gewesen, den Killern ihre Waffen zurückzugeben, aber wegen ihres Diplomatenstatus war Mason keine andere Wahl geblieben, wollte er nicht diplomatische Verwicklungen heraufbeschwören.

An der Vorderseite der kleinen Bude brannte noch

die Lampe. Das kleine erleuchtete Fenster deutete darauf hin, dass der Parkplatzwächter noch da war. Aber er war nicht zu sehen.

Sie hörten ihn jedoch. Er sprach. Mit sich selbst bestimmt nicht, sicherlich rief er jemanden an, und er hatte dabei seine Stimme ziemlich gesenkt. Wie einer, der Angst hatte, dass ein anderer mithörte.

Als sie die rechte Seite der Bude erreicht hatten, hielten sie an. Jetzt war die Stimme des Mannes deutlicher zu hören. Die Geräusche der Stadt, die nie schlief, wehten von jenseits des Parkplatzes zu ihnen herüber.

„Ja, Barbara, ich bin froh, wenn ich Feierabend machen kann. Mir geht es nicht gut. Ich bin kein Held. Dieser Faustschlag hat mir schon zu schaffen gemacht." Er legte eine kurze Pause ein, fing an zu lachen und fragte: „Polizei?" Wieder das Lachen. „Nein, nein, die lasse ich aus dem Spiel. Ich will es nicht an die große Glocke hängen."

Man brauchte kein Hellseher zu sein, um zu wissen, dass der Wächter eine nicht eben sanfte Begegnung gehabt hatte. Da kamen eigentlich nur zwei gewisse Typen infrage.

Doriana und Mason unterhielten sich flüsternd darüber. Sie waren einer Meinung. Und sie sahen auch die schmale Tür der Bude. Auf sie zeigte Mason.

„Ich frage ihn mal."

„Gut, mach das."

Mason öffnete die Tür behutsam. Der Parkplatzwächter hatte soeben sein Handygespräch beendet und erstarrte.

Mason hielt seinen Ausweis in der Hand. Er ließ dem Mann die Zeit, ihn sich genau anzusehen.

„Alles klar?"

Der Wächter nickte. Unter der Mütze quoll graues Haar hervor. In seine Haut hatten sich tiefe Falten gegraben.

„Ich habe nur einige Fragen."

Der Mann nickte.

„Wie heißen Sie?"

„Elmar Jackson."

„Okay, Mr. Jackson, es geht um Folgendes. Ich bin auf der Suche nach zwei Männern, die ich Ihnen jetzt beschreiben werde und die hier ihr Motorrad abgestellt haben."

„Die brauchen Sie nicht zu beschreiben."

„Ach? Warum das nicht?"

„Weil ich sie kenne." Er deutete auf seine Gürtelschnalle. „Den Schlag werde ich nie vergessen."

„Warum hat man Sie angegriffen?"

„Das will ich Ihnen sagen."

„Aber leise, bitte."

„Keine Sorge."

Mason erfuhr, was sich hier auf dem Parkplatz abgespielt hatte. Garland und Fleming hatten den Wächter dafür verantwortlich gemacht, dass ihre Maschine fahruntüchtig war.

„Dabei hatte ich nichts damit zu tun, das müssen Sie mir glauben."

„Klar. Ich glaube Ihnen das. Es geht mir auch um die Männer, und ich hätte gern gewusst, wann sie verschwunden sind."

Der Wächter bekam große Augen. „Ich habe sie nicht weggehen sehen. Ehrlich nicht."

„Dann sind sie noch da?"

„Ja, kann sein. Aber mit Bestimmtheit kann ich das auch nicht sagen. Ich denke schon."

„Danke", sagte Mason.

Der Parkplatzwächter schob den Kopf nach vorn. „Und was haben Sie jetzt vor?"

„Das wird sich noch herausstellen."

Jackson nickte. „Einen Tipp noch."

„Gern."

„Die beiden sind keine Chorknaben. Sie sind gefährlich, glauben Sie mir."

„Das weiß ich."

„Kann ich dann gehen?"

„Ja."

„Da muss ich nur noch die Schranke schließen."

„Tun Sie das, nur zu!“

Jackson nickte. Als Mason die Bude verlassen hatte, betätigte er die Schranke, die sich senkte, und löschte das Licht. Wenig später schloss er ab und verschwand in der Dunkelheit.

Die Lampe an der Vorderseite der Bude hatte er brennen lassen.

Doriana blickte dem Mann noch eine Weile nach und trat dann an Mason heran.

„Sie sind noch hier!“, erklärte sie.

„Und wo?“

„Versteckt, möglicherweise. Ihr Motorrad steht noch immer hinter der Bude. Sie haben es also nicht weggeschoben, und ich glaube auch nicht, dass sie zu Fuß gegangen sind. Sie werden wissen wollen, wem sie das zu verdanken haben.“

„Gut, suchen wir nach ihnen. Aber wir werden nicht gemeinsam gehen. Ich nehme den normalen Weg. Schleiche du in Deckung der abgestellten Autos hinter mir her. Das ist mir lieber.“

„Mir auch.“

Eine Sekunde später waren sie unterwegs …

Der Parkplatz lag in der nächtlichen Stille.

Mason Flint war noch keine fünf Schritte gegangen, als er das leise Rauschen hörte. Aus der Dunkelheit des

Hintergrunds jagte etwas auf ihn zu und blieb einen halben Meter vor seinen Füßen im Boden stecken.

Es war ein Armbrustbolzen!

Flint ging keinen Schritt weiter.

Sekunden verstrichen. Mason konzentrierte sich auf das, was kommen würde. Hoffentlich kein zweiter Bolzen, der ihn traf.

Er hörte die Stimme Ray Garlands.

„Wie nett. Wir bekommen Besuch. Da will sicher jemand unsere Maschine reparieren."

„Warum?"

„Weil sie nicht mehr fährt. Jemand hat die Luft aus den Reifen gelassen und das Zündkabel abgerissen, und eigentlich haben wir dich in Verdacht, Bulle. Ja, nur dich."

„Und wie soll ich das geschafft haben?"

„Das werden wir dich noch genauer fragen. Wir hätten es sowieso getan und wären wieder in deine Wohnung gekommen. So hast du uns einen Weg abgenommen. Ein kleiner Ausgleich für die kaputte Maschine. Oder wie sehe ich das?"

„Das ist mir egal. Ich war es nicht."

„Alles klar, es war der Heilige Geist. So, und jetzt wirst du deine Kanone hervorholen und sie zu Boden legen. Auch wenn du uns nicht siehst, wir sehen dich. Und der nächste Bolzen liegt schon auf der Sehne. Victor ist scharf darauf, ihn abfeuern zu können.“

„Ich habe verstanden.“

„Dann tu, was ich dir gesagt habe.“

Es blieb Mason nichts anderes übrig. Er stand hier auf dem Präsentierteller. Er setzte jedoch darauf, dass seine Partnerin alles mitbekam.

Er holte die Glock hervor. Sie glänzte im Licht, war gut zu sehen, und seine Gegner sahen auch, wie sich Mason bückte. Er legte die Waffe zu Boden und kickte sie wenig später ein Stück zur Seite.

„Du kennst dich aus, wie?“, lobte Garland.

„Und jetzt?“

„Sei nicht so ungeduldig, wir sind gleich bei dir.“

Garland und sein Kumpan verließen ihre Deckung. Sie tauchten rechts von Mason auf und näherten sich ihm. Sie gingen auf einer Höhe.

Mason sah die Pistole mit dem Schalldämpfer in Garlands Hand. Links neben ihm ging Victor Fleming. Der Bolzen auf der Armbrust zielte auf Mason.

Die beiden Killer blieben etwa fünf Schritte von ihm entfernt stehen.

„Wir wollen uns nicht zu lange aufhalten“, sagte Garland. „Wo ist deine Freundin?“

„Nicht hier.“

Garland zuckte leicht zusammen. „Noch so eine dämliche Antwort, und Vic jagt dir den Bolzen in den Bauch.“

„Sie ist nicht hier. Ich bin allein gekommen. Sie ist bei der Toten in der Wohnung geblieben.“ Er hoffte, dass sie ihm die Lüge abnahmen.

„Also gut, du bist allein.“ Garland lachte. „Und was hat dich hierher auf den Parkplatz getrieben? Wolltest du nachsehen, ob wir unsere Maschine wegschieben?“

„Ich war nicht hier, und deshalb kann ich auch nicht die Luft aus den Reifen gelassen haben.“

„Also doch der Heilige Geist?“

„Wenn ihr an ihn glaubt …“

Fleming meldete sich zu Wort.

„Der verarscht uns doch, Ray. Merkst du das nicht?“

„Ja, das glaube ich allmählich auch. Aber von einem Bullen habe ich mich noch nie verarschen lassen. Ich war immer besser, und das wird auch so bleiben.“ Er ging noch zwei Schritte vor. Seine Pistole hielt er jetzt mit beiden Händen fest und hob sie so weit an, dass die Mündung auf das Gesicht des Inspektors zeigte.

„Ich mache nicht mehr viele Worte, Flint, und es ist mir auch egal, wen ich umlege, aber zuvor will ich wissen, wer unsere Maschine manipuliert hat. Du kannst es dir überlegen, ob du uns eine Antwort geben willst. Ich gebe dir zehn Sekunden.“

„Die brauche ich nicht.“

„Noch besser. Wer also?“

„Keine Ahnung.“

Schoss er oder schoss er nicht? Und wo blieb Doriana? Das ging Mason Flint unablässig durch den Kopf.

Aber seine neue Partnerin ließ sich nicht blicken.

Wieder erklang das Sirren. Der Bolzen fegte so dicht über Masons Kopf hinweg, dass er den Windzug an den Haaren verspürte. Er hörte auch Victors Stimme. „Lass mich es machen, Ray. Ich werde ihn mit Bolzen spicken."

„Das kannst du später tun."

„Ja? Wann?"

„Wenn er tot ist. Denn die Freude, einen Bullen umzulegen, lasse ich mir nicht nehmen."

Nach dieser Antwort wusste Mason, dass sein Leben nur noch an einem seidenen Faden hing ...

Doriana Gray hatte geschickt den Schutz der Dunkelheit ausgenutzt. Zwischen den abgestellten Autos war genügend Platz.

Sie sah, wie Mason Flint plötzlich stehen blieb, weil ein Bolzen vor ihm in den Boden schlug.

Doriana schaute über ein Autodach hinweg.

Die Szene war klar.

Mason wurde bedroht. Er hatte seine Waffe noch nicht gezogen. Und als er das auf einen fremden Befehl hin tat, musste er sie zu Boden legen. Seine Gegner hatten alles im Griff.

Zum Glück sprach Ray Garland so laut, dass Doriana jedes Wort verstand, und ihr wurde klar, wie sehr sich die Schlinge um den Hals ihres Freundes zusammenzog.

Doriana wusste, dass sie etwas unternehmen musste. Jetzt war sie gefragt.

Mason hatte es mit zwei Gegnern zu tun. Zu viel für ihn allein. Sie musste sich einen von ihnen vornehmen, und das war Ray Garland, der Mason mit der Pistole bedrohte.

Konzentration.

Und zwar nur auf ihn!

Doriana behielt Garland im Blick, und sie schien sich in diesem Moment in Stein zu verwandeln.

In den nächsten Sekunden gab es nur noch einen Mann in ihren Gedanken: Ray Garland, der nichts davon ahnte, welche Kräfte gegen ihn gerichtet waren …

„Du hast deine letzte Chance vertan, Flint!"

Mason hob die Schultern. „Ich weiß. Aber ich kann dir nichts anderes sagen, es ist die Wahrheit."

Garland atmete aus. Er schien sich zu entspannen und nachdenken zu wollen, doch das sah nur so aus. Seine wirkliche Absicht war eine völlig andere.

„Ich will, dass du mich nicht mehr störst. Ich kille zuerst dich und dann deine scharfe Freundin. Dann haben wir Ruhe und können uns … können uns …“ Er wiederholte die Worte mehrmals und schüttelte dabei den Kopf. Plötzlich fingen seine Hände an zu zittern, die den Griff der Pistole umfassten.

Mason wusste nicht, was da ablief. Der Gedanke an Doriana zuckte durch seinen Kopf. Dann hoffte er noch, dass sich das Zittern von Garlands Händen nicht auch noch auf die Finger übertrug. Der Mann musste nur den Zeigefinger krümmen, um die Kugel auf die Reise zu schicken.

Garland stöhnte. Er drehte sich zur Seite. Seine Arme mit der Waffe zuckten auf und nieder, und Flint wollte sich schon zur Seite bewegen, aber die schrille Stimme des anderen Mannes hielt ihn schließlich davon ab.

„Wage es nicht! Du hast schneller einen Bolzen im Kopf, als du denken kannst!“

„Schon gut, Fleming, ist schon gut.“ Trotzdem schielte Mason auf seine Glock. Sie lag ja nicht allzu weit entfernt, aber noch war Garlands Verhalten für ihn wichtiger.

Der Mann schrie. Er krümmte sich, als hätte er unter starken Schmerzen zu leiden. Es war ihm kaum noch möglich, sich auf den Beinen zu halten. Er taumelte von einer Seite zur anderen.

Garland war nicht mehr der eiskalte Killer. Eine unsichtbare Kraft machte mit ihm, was sie wollte.

Mason ahnte, wer ihm da zu Hilfe gekommen war.

Doriana Gray, die Hexerin.

Ray Garland schrie und riss den Arm mit der Pistole hoch. Es sah aus, als wollte er in den Nachthimmel schießen. Noch immer drückte er nicht ab. Dann senkte er die Arme wieder, und plötzlich befand sich die Waffe vor seinem Gesicht.

Er brüllte etwas und riss den Mund weit auf!

Ein Loch im Gesicht. Ein Loch, das groß genug war, um hineinschießen zu können. Garland musste die Waffe nur noch etwas drehen, was er auch zuckend tat.

Die Mündung wies auf seinen Mund.

Er schob das lange Stück Stahl des Schalldämpfers weiter vor und näher an seinen offenen Mund heran. Sekunden später verschwand das Ende des Schalldämpfers in diesem Schlund.

Mason wusste, was da geschah.

Garland war fremdgesteuert.

Mason hörte einen letzten unartikulierten Laut, dann bewegte sich der Zeigefinger und drückte ab.

Es war nicht mal ein lautes Geräusch zu hören. Die Kugel aber jagte in den Kopf. Nicht gerade in die Höhe, sondern schräg. Deshalb blieb sie auch nicht im Gehirn stecken.

Über dem rechten Ohr trat sie wieder ins Freie.

Garland fehlte plötzlich die Kraft, in seiner knienden Haltung zu bleiben.

Er kippte zur Seite.

Erst als er aufschlug, rutschte die Waffe aus seinem Mund.

Tot blieb er auf der kalten Erde liegen und wurde von seinem Partner mit weit aufgerissenen Augen angeglotzt …

Auch Mason stand noch unter dem Eindruck des Geschehens. Davon löste er sich jedoch schnell, als er den Schrei hörte.

Es war sein Glück, dass Vic Fleming ihn damit warnte. Hätte er sofort geschossen, wäre Mason verloren gewesen. So tauchte er im letzten Moment mit einer gleitenden Bewegung zu Boden.

Aus den Augenwinkeln sah er, dass etwas Glitzerndes über ihn hinwegfauchte. Dann hatte er schon seine Glock an sich gerissen und rollte sich auf den Rücken, die Waffe im Anschlag.

Vic Fleming befand sich auf dem Rückzug. Er wollte in die Deckung der Dunkelheit tauchen, aber er lief nicht nur. Er legte zugleich einen Bolzen auf die Sehne.

Spannen, schießen, treffen. Das war ihm in Fleisch

und Blut übergegangen. Das wusste auch Mason Flint, deshalb musste er schneller sein.

Er feuerte zweimal.

Beide Kugeln trafen Fleming, der nicht mehr dazu kam, den Bolzen auf die tödliche Reise zu schicken.

Der Killer prallte so heftig auf den Rücken, als wären ihm die Beine weggezogen worden. Regungslos blieb er am Boden liegen.

Mason quälte sich auf die Füße.

Sein Herz schlug noch immer schnell.

Bei den ersten Schritten schwankte er und sah dann nach links, weil er von dort ein Geräusch gehört hatte.

Ein Schatten erschien bei den abgestellten Fahrzeugen und wand sich durch eine Lücke.

Es war Doriana.

Mason wusste nicht, wie sie es geschafft hatte, aber sie hatte ihm das Leben gerettet …

Er ließ sie auf sich zukommen.

Ein leichtes Lächeln huschte sanft über ihr schönes Gesicht.

„Das war im letzten Augenblick, Mason."

„Du sagst es." Mason schaute auf den toten Ray Garland. „Aber wie ist das möglich gewesen, dass er …"

Die Hexerin winkte ab. „Es gibt Momente, da soll

man keine Fragen stellen."

Das konnte Mason nicht. „Also du?"

Sie hob die Schultern.

„Dann weiß ich Bescheid, Partnerin. Und wir haben jetzt drei Tote, Frenchy mitgerechnet. Da werde ich meinen Vorgesetzten einiges zu erklären haben."

„Aber lass mich aus dem Spiel."

„Ja, ich versuche es."

Doriana entfernte sich von ihm und beugte sich über den toten Ray Garland. Sie interessierte sich für dessen Waffe. Beim Fall hatte sie sich im Innenfutter der Jacke verhakt.

Doriana musste die Pistole erst hervorziehen, und dabei riss das Futter in der unteren Hälfte ein. Etwas schmales Weißes kam zum Vorschein. Doriana fasste mit spitzen Fingern danach und erkannte, dass sie eine Visitenkarte in der Hand hielt.

Auf dem hellen Untergrund stand in schwarzen Buchstaben nur ein Name.

SANDOR BARTHORY

Doriana wurde plötzlich kreidebleich. Sie flüsterte etwas, das sich wie ein Fluch anhörte und auch von Mason Flint gehört wurde.

Er war schnell bei ihr und fragte: „Probleme?“

„Nein, im Moment nicht.“

„Aber …“

Sie trat einen Schritt zur Seite. „Mach du erst mal deinen Job, bitte.“

„Meine Güte, ich …“

„Bitte, Mason!“, sprach sie mit scharfer Stimme. „Ich kann dir nur so viel sagen, dass das, was wir bisher erlebt haben, ein Kinderspiel war im Vergleich zu dem, was noch auf uns zukommen wird. Aber später mehr davon.“

Dann ging sie davon und ließ einen Mann zurück, der nur den Kopf schütteln konnte …

Als sie die Wohnung betraten, hatten sie kein Wort miteinander gesprochen. Mason Flint sah, dass Doriana noch immer die Visitenkarte in der Hand hielt, und er erinnerte sich daran, wie sie beim Anblick der Karte reagiert hatte.

„Was ist nun mit diesem Barthory? Kannst oder willst du es mir nicht sagen?“

„Ich will es noch nicht.“

„Und was ist der Grund?“

Doriana stand am Fenster. Sie drehte ihm den Rücken zu. Jetzt wandte sie sich um.

„Also gut“, sagte sie und nickte. „Die Barthorys

sind ein sehr altes Geschlecht. Berühmt wurde besonders Elisabeth Barthory, die nicht nur in Menschenblut badete, sie hat es sogar getrunken."

„Dann war sie eine ...", Mason musste schlucken, „... eine Vampirin?"

Dorry lachte. „Das kann man wohl sagen, obgleich ein enger Verwandter von ihr zum Kardinal gewählt wurde und ihr Onkel Stephan, Fürst von Siebenbürgen, später König von Polen wurde. Ein zweiter Onkel war ein Teufelsverehrer, der schwarze Magie praktizierte, ihr Bruder war ein Lüstling, und ihre Lieblingstante war eine berüchtigte Lesbierin, was man später auch von Elisabeth behauptet hat."

„Eine illustre Verwandtschaft", bemerkte Mason.

„In der Tat."

„Und wie ging es mit ihr weiter?"

„Sie wurde mit 15 Jahren verheiratet. Ein ungarischer Graf namens Ferencz Nadasdy nahm sie mit auf sein Schloss in die Einsamkeit Ungarns. Der Mann zog bald in den Krieg, und Elisabeth war allein. Sie langweilte sich, suchte Zerstreuung und vergnügte sich mit einem blassen Adligen, von dem behauptet wurde, dass er ein Vampir wäre. Das geschah außerhalb des Schlosses. Nach ihrer Rückkehr wurde sie zu einer Bestie. Sie geriet in einen wahren Blutrausch. Sie tötete junge Mädchen und labte sich an deren Blut, denn sie war zuvor durch einen Diener und deren Amme in die Kunst der schwarzen Magie eingeführt worden, und so waren diese Taten eine Folge davon."

„Na ja", sagte Mason nur und fuhr durch sein Haar.

„Willst du noch mehr wissen?"

„Sicher."

„Im Jahre 1600, da war Elisabeth vierzig Jahre alt, starb ihr Mann auf ungeklärte Weise. Sie warf die Schwiegermutter aus dem Schloss und brachte ihre vier Kinder bei Verwandten unter. Danach gab es nur noch Orgien und Exzesse. Ich will auf Einzelheiten verzichten. Erst im Jahre 1610 setzte man ihrem Treiben ein Ende. Ihre Helfer wurden verbrannt. Sie selbst mauerte man ein. Durch eine schmale Öffnung versorgte man sie mit Wasser und Nahrung. Nach vier Jahren starb sie dann im eigenen Dreck."

Flint musste schlucken. Er sagte mit leiser Stimme: „Und jetzt lese ich den Namen Barthory auf der Visitenkarte."

„So ist es."

„Vier Kinder hatte sie – oder?"

„Ja."

„Weißt du etwas über sie?"

„Nein, aber das Geschlecht ist nicht ausgestorben, und ein Sandor Barthory ist heute ein mächtiger Mann, das weiß ich, obwohl mir Einzelheiten über seinen Werdegang nicht bekannt sind. Aber nette Menschen sind sie bestimmt nicht gewesen, und jetzt haben wir es wieder mit den Barthorys zu tun."

Mason horchte auf. „Was heißt wieder?" Er runzelte die Stirn. „Ist dir in der Vergangenheit schon mal ein Barthory begegnet?"

„Ich glaube, ja. Der Maler, der mich zu einer Vampirin machte, muss etwas mit den Barthorys zu tun gehabt haben. Er nannte sich zwar Kincaid, aber ich habe später erfahren, dass er aus Ungarn stammte und sich nur in das Vereinigte Königreich abgesetzt hatte. Er könnte einer der Nachfahren der Kinder dieser Blutgräfin gewesen sein. Ich sage bewusst, könnte, denn da ist noch etwas, über das so gut wie nichts bekannt ist. Elisabeth hatte einen Bruder. Er hieß Sandor, war also der Onkel ihrer Kinder. Ihn hat man nie erwischt, und jetzt lese ich auf der Visitenkarte den Namen Sandor Barthory. So muss ich mich wirklich fragen, ob sich da ein Kreis schließt."

Mason spürte, wie das Blut schneller durch seine Adern pulsierte und sich sein Gesicht rötete.

„Könnte es sein", fragte er flüsternd, „dass dieser Bruder gegen alle Regeln überlebt hat?"

„Ich weiß es nicht." Dann lachte sie. „Aber was heißt schon Regeln?" Sie schüttelte den Kopf. „Ich glaube, dass die Regeln, nach denen du bisher dein Leben ausgerichtet hast, nicht mehr gelten. Damit musst du dich abfinden."

Mason starrte sie an. Er nickte, aber er hatte auch einen Einwand.

„Wenn dieser Sandor noch existiert und ein Vampir ist, warum schickt er dann seine Söldner los, um Vampire zu jagen?"

Sie hob beide Hände. „Es tut mir leid, doch ich glaube nicht, dass er ein Vampir war oder ist. Man weiß es von der Barthory auch nicht genau."

„Und dieser Kincaid, der Maler?"

„Er ist ein Vampir gewesen. Ich kenne seine Vergangenheit nicht und weiß deshalb nicht, welchen Weg er gegangen ist. Aber es ist durchaus möglich, dass er noch existiert."

„Dann könnten wir ihn sogar noch treffen?"

„Ich schließe es nicht aus, Mason. Aber ich sage dir eines: Sollte Sandor Barthory wirklich die beiden Killer auf uns gehetzt haben, besser gesagt auf mich, dann muss er noch immer der Meinung sein, dass ich eine Blutsaugerin bin, denn seine beiden Söldner haben ihm nichts mehr mitteilen können. Wir kennen die Wahrheit, er aber nicht."

„Und das bedeutet“, fasste Mason zusammen, „dass die Jagd weitergehen wird.“

„Du sagst es. Aber ab jetzt sind wir nicht nur die Gejagten, sondern auch die Jäger, und das wird sicherlich noch spannend werden …“

– ENDE –

Jennifer Armintrout
Blutsbande I
Die Verwandlung
Band-Nr. 15013
7,95 € (D)
ISBN: 978-3-89941-448-6
464 Seiten

Kerrelyn Sparks
Wie angelt man sich
einen Vampir?
Band-Nr. 15015
7,95 € (D)
ISBN: 978-3-89941-450-9
464 Seiten

Maggie Shayne
Fantasien der Nacht
Band-Nr. 15014
7,95 € (D)
ISBN: 978-3-89941-449-3
320 Seiten

Maggie Shayne
Erinnerungen der Nacht
Band-Nr. 15021
7,95 € (D)
ISBN: 978-3-89941-470-7
304 Seiten

Maria V. Snyder
Yelena und die Magierin des Südens
Band-Nr. 65005
7,95 € (D)
ISBN: 978-3-89941-360-1
448 Seiten

Maria V. Snyder
Yelena und der Mörder von Sitia
Band-Nr. 65009
7,95 € (D)
ISBN: 978-3-89941-392-2
512 Seiten

Deborah Hale
Die Prophezeiung von Umbria
Band-Nr. 65004
7,95 € (D)
ISBN: 978-3-89941-359-5
416 Seiten

Deborah Hale
Das Orakel von Margyle
Band-Nr. 65007
7,95 € (D)
ISBN: 978-3-89941-362-5
496 Seiten